LA

PORTE D'IVOIRE.

DU MÊME AUTEUR.

Harpe helvétique, 1 vol. in-8°.
Le Dernier jour de Missolonghi, in-8°.
Mélodies helvétiques, 1 vol. in-12.
Rome souterraine, 2 vol. in-8°. Sixième édition.
Une année en Espagne, 2 vol. in-8°.
Chavornay, 2 vol. in-8°. Deuxième édition.
Romans du Maroc, 4 vol. in-8°. Deuxième édition.
Nationalité française, 1 vol. in-18.
Campagne de Rome, 1 vol. in-8°. Deuxième édition.
Raccolta, 2 vol. in-8°.
Question suisse, brochure in-8°.
Promenade au Maroc, 1 vol. in-8°.
Caroline en Sicile, 4 vol. in-8°.

PARIS. — IMPRIMÉ PAR PLON FRÈRES, RUE DE VAUGIRARD, 36.

LA
PORTE D'IVOIRE

PAR

CHARLES DIDIER.

Sunt geminæ portæ. . . . . .
Altera candenti perfecta nitens elephanto ;
Sed falsa ad cœlum mittunt insomnia manes.
Virgile, *En.*, vi.

PARIS

PAULIN, ÉDITEUR

RUE RICHELIEU, 60

—

1848
1847.

Juvenilia.....

Publier en 1848 des vers dont quelques-uns furent écrits en 1827, même en 1824, voilà certes une entreprise hasardeuse et pour le moins téméraire. Pourquoi livrer au grand jour de la publicité ces enfants d'une jeunesse qui n'est plus, hélas! depuis longtemps? Mettez que ce soit un caprice, une faiblesse de père. Leur âge sera leur excuse. Le temps, je le sais, ne fait rien à l'affaire. J'espère pourtant, malgré l'arrêt du maître, qu'il n'en sera pas ainsi pour eux, et c'est dans cet espoir que j'ai eu le soin d'enregistrer leur état civil, conservant à chacun sa date et le lieu qui l'a vu naître. Mais enfin pourquoi remuer les cendres d'un si vieux passé? Pourquoi?... Parce que l'on se rajeunit le cœur en se replongeant dans les souvenirs de la jeunesse, âge de bénédiction où, sous l'empire d'illusions honnêtes, on ignore encore les perfidies, les bassesses dont plus tard on doit être témoin ou victime. L'expérience de la vie et du monde porte des fruits amers. Vient un jour où l'amour se change en haine, l'estime en mépris, et où les turpitudes morales, quelque temps couvertes d'un masque impudent, apparaissent dans toute leur laideur. C'est pour faire diversion à ces tristes mécomptes qu'on se plaît à évoquer les souvenirs, les espérances, les erreurs même du premier âge; car là on retrouve le calme, la sérénité que l'on perd infailliblement dans le commerce des hommes et dans la lutte avec les choses. Voilà pourquoi on aime à revenir sur ses pas et à regarder en arrière; pourquoi les individus comme les peuples se reportent toujours avec charme à leurs origines; pourquoi les peines, les malheurs de la jeunesse, ou ce qu'alors on appelle de ce nom, apparaissent plus tard comme des félicités ineffables, regrettables à jamais; pourquoi enfin dans l'âge mûr on se sent un faible au cœur pour les ébauches trop visiblement imparfaites où l'on essayait ses forces, et comment la critique fléchit devant des prédilections toutes personnelles.

Paris, décembre 1847.

LE POINT DU JOUR.

Sonnet.

Égarée aux lieux hauts où l'œil ne l'atteint point,
L'alouette, et, plus bas, les cloches argentines,
Mariant leur voix claire, en chœur chantant matines ;
Le rideau noir des nuits s'entr'ouvre, le jour poind.

L'onde est blanche ; une barque y noircit comme un point ;
Murmurant sous les croix leurs oraisons latines,
Les pâtres vont aux prés, et des chèvres mutines
L'essaim broute, en passant, la haie et fuit à point.

Mêlant de rires fous leurs chansons villageoises,
Jupon court et pieds nus, les jeunes fribourgeoises
Descendent, pour laver, au bord de leur lac frais ;

Et moi, suivant à pied la route de Lausanne,
Je songe à vous, Adèle, à vous, belle Suzanne,
Sœurs rivales qu'au bal toutes deux j'adorais.

Morat, 1824.

1

MIDI.

Sonnet.

Ardet Ucalegon.
VIRGILE.

Seul, à midi, perdu, par les rochers meurtri,
J'ai gravi tout le jour l'aride Apennin sarde ;
Le plus hardi chasseur à peine s'y hasarde ;
Pas un toit, pas un arbre où trouver un abri.

Pas un oiseau dans l'air ; la cigale est sans cri ;
Le soleil du Lion sur ma tête à plomb darde ;
Le sentier rocailleux sous mes pas se lézarde ;
L'herbe rare est fanée et la source a tari.

On respire du feu ; le ciel ardent s'allume ;
Sous le dôme embrasé le mont calciné fume,
Comme un coursier tombé haletant sous le frein,

Je brûle ainsi que lui, mais je lutte, et mon âme
Subit en s'indignant cette nature en flamme,
Comme le condamné dans le taureau d'airain.

Barbagelata, juillet 1828.

MINUIT.

Sonnet.

Minuit !... C'est l'heure où tout rentre dans le repos.
Paris dort entassé comme un polype immense ;
L'ambition se berce aux bras de l'espérance ;
Le jeu ronge le cœur à ses pâles suppôts.

Un char de loin en loin trouble encor les échos ;
Mais le bruit s'affaiblit, il meurt dans le silence,
Et sur tout ce qui vit, et sur tout ce qui pense
S'abaisse et se répand le calme des tombeaux.

Ét moi, seul, accoudé sur la table vénale,
Où, surpris tant de fois par l'aube matinale,
Je languis, comme un serf à la glèbe attaché,

Je m'abandonne au cours de mes sombres pensées,
Et, sur des livres morts avec dégoût penché,
Je songe à d'autres nuits moins tristement passées.

Paris, 1832.

1.

A MADEMOISELLE X.

Tu ne m'as pas compris ; à travers mon silence,
Tu n'as pas vu l'amour caché sous le respect ;
Mes rêves, loin de toi, prenaient un vol immense,
Je devenais timide et froid à ton aspect.

Dans les enchantements d'une première flamme,
Je chérissais les feux dont j'étais consumé ;
Ardent à me tromper, je te prêtais mon âme,
Et, parce que j'aimais, je croyais être aimé.

Tu m'avais révélé ces jours d'un autre monde,
Jours de foi, d'espérance et de ravissement ;
Pénétré d'une ivresse et nouvelle et profonde,
Mon cœur dans l'infini s'élançait fièrement.

Tu donnais une vie, une âme à la nature ;
Des bois les plus déserts tu peuplais les sentiers ;
Quand j'admirais des monts la vaste architecture,
Tu siégeais, tu régnais sur leurs sommets altiers.

Les nuages du ciel dessinaient ton image ;
Les ruisseaux murmuraient ton nom mélodieux ;
Le rossignol plaintif t'empruntait son langage ;
De ton éclat brillaient les astres radieux.

Quand le soleil levant caressait les vallées,
Quand l'ombre des coteaux s'allongeait devant moi,
Quand la lune montait aux voûtes étoilées,
Et toujours et partout je ne voyais que toi.

Sais-tu de quel bonheur se berçait mon délire ?...
Mais pourquoi réveiller un amour étouffé ?
Pourquoi t'ouvrir un cœur où tu n'as pas su lire ?. .
L'homme se plaît aux maux dont il a triomphé.

Un soir, il m'en souvient, c'était un soir d'automne ;
De Fossa nous suivions les sentiers si connus ;
L'Arve attristait l'écho de sa voix monotone,
Le Salève y baignait ses flancs sombres et nus.

Nous marchions au hasard, seuls dans la solitude ;
Sur mon bras amoureux se reposait ton bras ;
L'ombre croissait toujours, et ma sollicitude
Écartait les buissons de tes pieds délicats.

C'était l'heure où, couvert d'un voile de tristesse,
Le cœur s'ouvre plus tendre aux rêves de l'amour,
Et, la tête sur moi penchée avec mollesse,
Tu ne me disais plus : « C'est l'instant du retour ! »

Tes cheveux noirs flottaient, agités par les brises,
Ils effleuraient ma joue et mon front embrasé ;
Tu laissais ta main blanche entre mes mains éprises ;
Quel homme, ainsi que moi, ne se fût abusé ?

Oui, je l'avoue, alors tout me parut possible.
Je crus être compris, cela fait tant de bien !
Mais ton œil était sec et ton front impassible ;
Un de nos cœurs battait, ce n'était pas le tien.

Peut-être eût-il fallu descendre à la prière,
Tomber à tes genoux, pleurer, baiser tes pas,
Révéler à tes yeux mon âme tout entière,
Des transports, des ardeurs qu'ils ne soupçonnaient pas.

Mais, au lieu de parler, je souffris en silence ;
J'étouffai de mon cœur l'essor tumultueux ;
Domptant des passions la sublime insolence,
L'orgueil fit taire en moi leur cri voluptueux.

Et nous marchions toujours au milieu des ténèbres ;
Nous allions devant nous, muets et sans dessein ;
Tu me croyais paisible, et des rêves funèbres
M'agitaient, et l'enfer bouillonnait dans mon sein !

Comment fermer ainsi les yeux à la lumière !
Un tel aveuglement se peut-il concevoir ?
Un voile bien épais couvrait donc ta paupière ;
Ou plutôt, dis-le-moi, ne voulais-tu rien voir ?

Car enfin, je le sais, tu n'étais point coquette ;
Tu ne te plaisais pas à voir couler les pleurs,
Toi-même en répandais... Mais l'âme du poëte
Doit être initiée à toutes les douleurs.

J'ai vidé jusqu'au fond la coupe d'amertume,
Et l'arrêt des destins sur moi s'est accompli :
Mes beaux jours sont perdus, l'abandon les consume,
Ils tombent goutte à goutte et meurent dans l'oubli.

Maintenant que l'amour est éteint dans mon àme,
Je cherche encor comment et pourquoi donc j'aimais,
Pourquoi je m'immolais, sans but, pour une femme
Dont le cœur à mon cœur ne répondit jamais.

Ah ! ce sont là du ciel les décrets despotiques :
Il se joue en riant des choses d'ici-bas ;
Il sépare à jamais les êtres sympathiques ;
Il enchaîne les cœurs qui ne s'entendent pas.

Genève, 1827.

A JACQUES-IMBERT GALLOIX.

Sonnet.

LE POÈTE. — Mais, monseigneur, il faut bien que je vive.
LE CARDINAL DE RICHELIEU. — Je n'en vois pas la nécessité.

Aux murs où Jean Calvin brûla Michel Servet,
D'agio vit et vit bien le banquier magnifique ;
Bien vermeil et bien gras, le bourgeois prolifique
Se fait du doux rien-faire un commode chevet.

Au nom du plébéien qui souffrait, qui sauvait,
Le prédicant bavard du Dieu vivant trafique,
Et, damnant le prochain d'une voix séraphique,
Il mange bien, boit mieux et dort sur le duvet.

Le danseur vit du bal, le docteur de la goutte ;
Sur le char du budget le pédant fait la route,
Comme un singe autrefois la fit sur un dauphin.

La courtisane vit de ses banales veilles,
L'espion est payé pour avoir des oreilles,
Le parasite dîne... et le poëte a faim.

Genève, 1827.

AU MÊME.

Sonnet.

:

Je cherche, ami, la fosse où loin des tiens tu dors.
Pas de pierre!... et ton deuil n'est porté par personne.
Rien!...J'écarte en vain l'herbe, en vain je questionne;
L'abandon te poursuit, même parmi les morts.

Est-ce là le destin que tu rêvais alors
Que ton cœur, affrontant la grande Babylone,
Ébloui par les noms dont l'éclat y rayonne,
Quittait parents, amis, sans regrets, sans remords?

La Muse avait pourtant mis le sceau du génie
Sur ton front, et nourri ton âme d'harmonie;
Mais la force et le temps à la fois t'ont manqué.

Ainsi, lorsque l'on croit tout saisir, tout échappe.
A peine ouvre-t-on l'aile aux vents que la mort frappe,
Comme un archer dans l'ombre au passage embusqué.

Paris, 1830.

A MADAME LA DUCHESSE ***.

Malheur à l'âme solitaire
Qui n'a que soi pour aliment !
Morte au repos, morte à la terre,
Elle languit dans le mystère,
Et se consume sourdement.

Ainsi de la lampe mystique,
Que la foi ne vient plus nourrir,
On voit l'éclat mélancolique,
Dans l'ombre de la basilique,
Pàlir par degrés et mourir.

De bonne heure, hélas ! fut détruite
L'illusion de mes beaux jours.
Et mon âme, trop jeune instruite,
S'usait en vain à la poursuite
D'un bonheur qui fuyait toujours.

J'interrogeais la cime altière,
Les torrents, les forêts, les cieux;
Prêtant une âme à la matière,
J'animais la nature entière,
Dans mes transports silencieux.

Cascades, lacs, glaciers, montagnes,
Fiers ouragans, soleil vainqueur,
Et vous, mes nocturnes compagnes,
O fleurs des célestes campagnes!
Vous ne pouviez combler mon cœur.

Un désir vague, un vide immense
Tourmentaient ce cœur isolé;
Je rêvais partout l'existence
D'un être à part, dont la présence
Seule à mes yeux eût tout peuplé.

De mon âme ardente, insensée,
Les oracles n'étaient pas vains;
Toute prière est exaucée;
Le rêve altier de ma pensée
S'anima sous tes traits divins.

Mais ton front à mes yeux rayonne
De l'auréole des grandeurs;
La main du monde te couronne,
De son prestige il t'environne;
Tu m'éblouis de tes splendeurs.

Qui suis-je, moi? De l'existence
Un fils perdu, sans avenir;
Je suis vieux dans l'adolescence;
Demain n'a pas une espérance,
Hier n'a pas un souvenir.

Et pourtant, si les destinées
T'eussent fait naître en nos climats,
Peut-être aujourd'hui nos années
Fuiraient, l'une à l'autre enchaînées,
Au pied des monts ceints de frimas.

Mais ton étoile étincelante
Resplendit au palais des rois,
Et, comme une étoile filante,
La mienne, hélas! pâle et tremblante,
A peine luit au fond des bois.

Souvent, sur la mer embrasée
Des feux d'un soleil meurtrier,
Comme un doux et frais élysée,
Une île humide de rosée
De loin sourit au nautonier.

Mais la nef en butte aux orages,
Trompant l'effort des matelots,
Bien loin des fortunés rivages
S'égare, au gré des vents sauvages,
Sur la solitude des flots.

Ainsi mon cœur en ta présence
Rêve une sainte volupté;
Confondu dans la foule immense,
J'adore et je souffre en silence,
Couvert de mon obscurité.

Comme un phare éclatant, sublime,
Tu luis sur des sommets lointains,
Et des profondeurs de l'abîme,
Je n'atteindrai jamais la cime
Où t'élevèrent les destins.

Ah! si des pompes de la terre
Mon nom marchait environné;
Si d'un éclat héréditaire,
Comme le tien dépositaire,
Mon front brillait illuminé;

M'élançant pour toi dans la lice,
J'affronterais tous les combats;
Je prendrais pour loi ton caprice,
Et t'offrirais en sacrifice
Tout ce qu'on adore ici-bas.

Vœux insensés! plainte importune!
Pourquoi mettre mon cœur à nu?
Je souffre, c'est la loi commune.
Eh! que t'importe l'infortune
Et les rêves d'un inconnu?

Mais du malheur la voix suprême
Retentit souvent dans les cours,
Et, sous les feux du diadème,
Peut-être aussi ton cœur lui-même
Connaîtra-t-il les mauvais jours.

Non, non, il n'est pas de naufrages
Pour ton vaisseau majestueux.
Sous lui, dormez, ô mers sauvages !
Gardez, gardez tous vos orages
Pour mon esquif aventureux.

Poursuis donc, sans voir en arrière,
Poursuis ton vol éblouissant ;
Jamais le roi de la carrière
Va-t-il compter dans la poussière
Ceux que son char foule en passant?

Oublie, oublie et le poëte,
Et ses douleurs, et son effroi.
S'il veut la gloire, qu'il l'achète ;
Sinon, qu'il se taise et végète.
Pour une reine il faut un roi.

Adieu! Sous un ciel sans tempête,
Règne, et du plaisir fais ton Dieu !
De roses ceins ta noble tête,
Vole en riant de fête en fête,
Et pour jamais encore.... adieu!

Genève, 1827.

LA MER.

Avant de voir la mer je l'avais tant rêvée,
Et mon âme par elle était si captivée,
Qu'hier en la voyant j'étais tout éperdu ;
Et je sentais au cœur tout ce que l'on éprouve
A l'aspect d'un ami d'enfance qu'on retrouve,
    Après l'avoir longtemps perdu.

L'imagination, cette fée invisible,
Me la montrait jadis orageuse ou paisible,
Tour à tour inspirant le calme ou la terreur ;
Tantôt se balançant avec grâce et mollesse,
Tantôt faisant gémir le rivage en détresse
    Sous l'étreinte de sa fureur.

La voilà maintenant qui sourit aux étoiles.
La nuit laisse flotter sur elle ses doux voiles,

2

Me cachant à demi ses austères beautés,
Et sur la rive obscure étincelle le phare,
Dont l'éclat conducteur en longs reflets s'égare
　　Sur le sein des flots argentés.

Dans l'espace endormi règne un profond silence ;
On n'entend rien au loin, rien que la vague immense
Qui soupire et qui meurt sur les récifs déserts.
Quelle mystérieuse et sublime harmonie
Dans le ciel étoilé, dans la mer infinie,
　　Dans le vaste repos des airs !

Quelle sérénité ! que de mélancolie !
En ta présence, ô mer ! notre orgueil s'humilie ;
Car en toi le repos à la force est uni.
L'homme, toujours flottant de chimère en chimère,
Se plaît, pour échapper à sa vie éphémère,
　　Aux images de l'infini.

Toi, dont l'immensité, dans sa magnificence,
D'une autre immensité proclame l'existence,
Océan, fier ami, sombre consolateur,
Dans les chaînes du temps notre âme est oppressée,
Et tu nous apparais beau comme la pensée
　　D'un avenir libérateur.

Mais, sur l'horizon d'or se levant solitaire,
Le soleil apparaît; tout s'éveille, la terre
Accueille avec transport le dieu ressuscité;
Le ciel est embrasé de ses splendeurs fécondes;
La mer en souriant réfléchit dans ses ondes
        Toute sa pompe et sa beauté.

Se brisant sur les flots, s'y jouant avec grâce,
Les clartés du matin ont envahi l'espace;
Au joyeux nautonier tout promet un beau jour;
Il prépare, il pavoise en chantant son navire,
Il lève l'ancre; il part, et l'orageux empire
        Devant lui s'ouvre avec amour.

Mais la mer est terrible et fourbe en ses caprices,
Elle aime à démentir les plus heureux auspices;
Son sourire toujours cache une trahison;
On la croit assoupie, elle couve un orage;
Elle dort qu'on entend déjà sa voix sauvage
        Gronder au fond de l'horizon.

Et la destruction, au cri de la tempête,
Soulève sur les flots sa formidable tête;

2.

En esclave à sa voix obéit l'ouragan ;
Les éléments rivaux font assaut de furie ;
Le vaisseau, qui chantait le matin, tremble et prie...
　　　Que sert de prier l'Océan ?

Avide des trésors qu'au vieux berceau du monde
La nature épancha d'une main plus féconde,
Roidissez au péril vos cœurs altérés d'or ;
De peuples inconnus convoitant les retraites,
Allez, ouvrez la voile au souffle des conquêtes ;
　　　Forcez le cap d'Adamastor.

Bravez de l'équateur les vagues écumantes,
Des pôles affrontez les glaces, les tourmentes ;
Fiers d'imposer vos noms à des climats lointains,
Quittez tout, monde, amour, et, nouveaux Lapeyrouses,
Défiez l'infini, tentez les mers jalouses,
　　　Sur la foi d'astres incertains.

Humiliant l'orgueil des fils de la poussière,
L'Océan devant vous élève sa barrière ;
Étoiles et soleil éteignent leur flambeau ;
Tout se couvre à l'instant de ténèbres profondes.
Vous cherchiez de la gloire, et de l'or, et des mondes,
　　　Vous n'avez trouvé qu'un tombeau.

Salut, plaines d'azur ! salut, immense arène
Ouverte aux vains projets de la folie humaine !
Que de peuples divers ont sillonné tes flots,
Depuis le jour où, las des rives paternelles,
Un homme osa livrer aux vagues infidèles
      L'espoir naissant de ses vaisseaux !

Que d'états, de cités ont passé sur tes grèves !
Comme ces lieux muets entrevus dans les rêves,
Le même jour les vit naître et s'anéantir ;
Ils ne nous ont légué qu'un nom pour héritage.
Le flot bat tristement le désert de Carthage
      Et la solitude où fut Tyr.

Ajoutant à l'horreur de tes propres tempêtes,
La guerre te convie à ses horribles fêtes ;
La mort, à son appel, court sur l'aile des vents ;
Homicide instrument de ce jeu sanguinaire,
L'airain gronde, il éclate, à défaut du tonnerre ;
      Il peuple les gouffres mouvants.

Mais que t'importe, à toi, que d'orgueilleux atomes
Viennent se disputer sur ton sein des royaumes ?

Que le monde soit libre, ou qu'il serve un César
Rien ne peut enchaîner ta vague indépendante,
Et tu souris, paisible, aux fureurs de Lépante,
        Au désastre de Trafalgar.

                                Livourne, 1827.

ENRICHETTA.

Elle était à cet âge où tout encore étonne,
Où le présent ravit, où l'avenir rayonne,
Où devant chaque idole on fléchit le genou,
Où, d'un pied résolu montant la nef humaine,
Comme ces voyageurs que le Niger emmène,
On va, toujours on va, voguant sans savoir où.

Elle avait donc quinze ans; le couvent de Cortone,
Après cinq d'une vie austère et monotone,
A la jeune recluse avait enfin rendu
Sa mère et son amour, le monde et son mystère,
Les doux ravissements que le cloître fait taire,
Le théâtre, le bal... et le fruit défendu.

De l'art impunément dédaignant l'imposture,
Elle n'empruntait rien qu'à sa franche nature;

Sa taille, qu'un ruban négligemment serrait,
Du barbare corset ignorait la contrainte,
Et de la liberté la grâce était empreinte
Dans tous les mouvements de son corps sans apprêt.

Ses cheveux noirs flottaient au vent, sa robe blanche
Ondoyait à grands plis, et de sa large manche
Deux bras étincelants sortaient à demi nus;
Sur elle aucun bijou; seulement, en mémoire
Du cloître, elle portait un crucifix d'ivoire,
Unique confident de ses vœux ingénus.

Le sourire venait sur ses lèvres éclore,
Comme la fleur s'entr'ouvre aux rayons de l'aurore;
Son pas insouciant était brusque et furtif;
Comme on l'est à son âge elle était vive et folle;
Puis, je ne sais, parfois ce regard si frivole
Se recueillait soudain, et devenait craintif.

Alors elle tremblait, rougissait d'une pose,
Se troublait d'un coup-d'œil, et des larmes sans cause
Roulaient dans sa paupière ou vibraient dans sa voix.
La surprenant ainsi rêveuse, embarrassée,
D'une âme de quinze ans j'épiais la pensée,
Me prenant à rêver et sourire à la fois.

Ainsi l'enfant qui dort en sursaut se réveille
Lorsqu'il entend chanter, la nuit, à son oreille,
L'ange révélateur qui veille à son berceau,
Et qui fait devant lui passer, comme des songes,
L'amour, la gloire ou l'art, tous ces divins mensonges
Qui charment l'avenir et cachent le tombeau.

Or durant un festin où les vins d'Italie
Avaient à flots versé l'abandon, la folie,
On avait ri beaucoup et longtemps ; puis après,
Sur les divans moelleux chacun faisant la sieste,
Je m'étais avec elle échappé d'un pied leste,
L'entraînant tête à tête à l'ombre des cyprès.

C'était l'heure, heure ardente, où sous la canicule
Haletante, sans voix, la terre étouffe et brûle,
Gisant sous le soleil, comme un cerf aux abois ;
Tel qu'un vaisseau perdu qui du tropique en flammes
Va fendant au hasard les dévorantes lames,
Un palombe égaré s'abattait sur les bois.

Le laboureur dormait épuisé sur sa bêche ;
Le bétail altéré ruminait à la crèche ;

De la terre nul bruit ne remontait aux cieux ;
A peine entendait-on à de longs intervalles
Retentir dans les pins l'aigre cri des cigales,
Puis tout, les champs, les bois, brûlait silencieux.

La Vallombrose au loin, plus près le Pratomagne,
Plus bas le val d'Arno, la plaine, la montagne,
Tout nageait confondu dans un océan bleu,
Mais d'un bleu vaporeux, blafard, presque livide,
Semblable à la nuée embrasée, homicide,
Que le simoun étend sur le désert en feu.

Ensevelis tous deux dans la fraîcheur et l'ombre,
Au sein d'une oasis mystérieuse et sombre,
Nous errions à pas lents sous les cyprès touffus,
Moi pressant sur mon cœur la jeune Italienne,
Elle à mon bras penchée et sa main dans la mienne,
N'osant jusques à moi lever ses yeux confus.

Ce n'était plus l'enfant le matin si rieuse ;
Elle était tout à coup pensive et sérieuse ;
Son œil vague et distrait s'attachait au sentier ;
Ses genoux défaillants jouaient mal l'assurance,
Et sa main, dans son trouble, allait par contenance
Sur sa tige effeuiller la fleur de l'églantier.

Elle ne parlait plus de retour ni de fuite;
Au plus épais du bois imprudemment conduite,
Elle avait du danger perdu tout sentiment;
De philtres tout-puissants par degrés enivrée,
Et, sans même y songer, à ma merci livrée,
Elle éprouvait au cœur un sourd frémissement.

Plus de regards craintifs, de larmes défensives;
Elle presse mes mains dans ses mains convulsives;
Elle laisse mes doigts errer dans ses cheveux;
En soupirs étouffés se brise sa poitrine;
Pour la première fois sa bouche purpurine
Ose, en balbutiant, s'ouvrir aux doux aveux.

Mais sa voix la trahit, son cœur bat, son teint change;
Ses lèvres ont pâli; pleins d'une flamme étrange,
Ses yeux longtemps baissés se relèvent sur moi;
Tour à tour elle semble et mourir et renaître,
Le frisson la saisit, il court dans tout son être....
Qui dira si c'était l'espérance ou l'effroi?

C'était l'amour avec son trouble, son mystère,
L'amour italien brisant la règle austère,

Allumant dans son cœur la soif de l'inconnu ;
A l'enfant succédait la femme initiée ;
A son culte, à son joug le Dieu l'avait pliée ;
Adieu, couvent, adieu ! Son jour était venu.

Et, plus qu'elle enivré de son chaste délire,
Dans ce cœur neuf et vrai je m'oubliais à lire,
Comme un maître tout fier de l'enfant qu'il instruit ;
Et mes bras transportés prolongeaient chaque étreinte,
Et les plus noirs cyprès du profond labyrinthe
Enveloppaient nos pas de silence et de nuit.

Un vent frais serpentait de liane en liane,
Et, chassant loin de moi tout sentiment profane,
Rasserénait mon front pensif et soucieux ;
Pénétré d'une joie inconnue et profonde,
Je respirais l'air calme et pur d'un autre monde,
Et des horizons d'or s'ouvraient devant mes yeux.

La virginale enfant, novice au nouveau culte,
Et les esprits frappés d'une terreur occulte,
En silence luttait contre son propre cœur ;
A mon bras protecteur fortement attachée,
Et la tête en mon sein naïvement cachée,
Elle se reposait sur la foi du vainqueur.

En la voyant ainsi tremblante, subjuguée,
Pareille à la Pythie au trépied fatiguée,
Implorer du regard mon bras victorieux,
D'une tendre pitié mes entrailles s'émurent,
Et j'imposai silence à ces voix qui murmurent
Lorsqu'une proie échappe aux sens impérieux.

« Va! me criaient ces voix, cueille au passage, cueille
» Cette fleur du midi, cueille-la feuille à feuille.
» Elle se donne à toi, prends-la, c'est du bonheur. »
« Puis demain, répondait une voix attendrie,
» Demain qu'en feras-tu, quand tu l'auras flétrie?
» Elle se donne à toi, fuis-la, c'est de l'honneur. »

Et je sentis mon cœur se briser et se fondre,
Et nos larmes ensemble allèrent se confondre,
Comme deux ruisseaux purs au pied des monts unis;
La nature à nos yeux prit comme un air de fête,
Les cyprès agitaient leur gigantesque faîte,
Les loriots dorés gazouillaient dans leurs nids.

O lutte solennelle, où mon âme agrandie
Des vulgaires instincts domina l'incendie,

Et du devoir en moi ralluma le flambeau ;
Aux mers de mon passé ton souvenir surnage,
Doux retentissement, parfum de ce jeune âge,
Qui dans l'âge viril nous apparaît si beau !

Elle était là toujours mollement inclinée,
La chevelure au vent, réduite, abandonnée,
D'elle-même oublieuse aux bras de l'étranger.
Et je l'aurais flétrie, et sur ce front de neige....
La voix avait raison, c'eût été sacrilége ;
Je n'étais le plus fort que pour la protéger.

Elle m'était plus chère après le sacrifice ;
Et même, je ne sais par quel doux artifice,
En la voyant chercher en moi son défenseur,
Et me suivre avec foi, quoique seule et si belle,
Il me semblait n'avoir jamais senti pour elle
Que ce qu'un frère aîné sent pour sa jeune sœur.

Un frère n'est-il pas presque un amant lui-même ?
Sur les pas d'une sœur n'est-ce pas lui qui sème
Les plaisirs, les bonheurs que l'on ose avouer ?
L'ami sûr, l'ami vrai, le protecteur sans faste,
N'est-ce pas lui ? Son âme à la fois tendre et chaste
N'est-elle pas toujours prête à se dévouer ?

Comme j'en étais là de ma douce chimère,
Une voix retentit au loin, c'était sa mère ;
De ce terrible cri la forêt résonna ;
De sentiers en sentiers cette mère en alarmes
Appelait son enfant comme Cérès en larmes
Redemandait la sienne aux cavernes d'Enna.

Et l'enfant, dans mes bras en sursaut réveillée,
S'échappe en tressaillant et fuit sous la feuillée ;
Dans cette voix parlaient le cloître et ses rigueurs,
Les leçons, les terreurs dont la sévère abbesse
Avait hier encor timoré sa jeunesse,
De l'amour pour sa foi redoutant les langueurs.

La route qu'au hasard nos pas s'étaient frayée
Vit fuir en bondissant cette biche effrayée,
Et moi, suivant de l'œil son vol aérien,
De loin, comme un ramier, qui fuit de branche en branche,
Je vis dans les cyprès flotter sa robe blanche,
Puis dans les bois déserts je n'aperçus plus rien.

Et dans ces bois, émus d'une scène si tendre,
J'errai longtemps encor croyant toujours l'entendre,

Et cette même nuit je partis sans la voir ;
Je partis triste et seul, cherchant dans mon cœur d'homme
Si c'est bien la vertu ce que vertu l'on nomme,
Et si le sacrifice est folie ou devoir.

Toi qu'à l'amour le ciel avait prédestinée,
Et que j'ai le premier à son joug façonnée,
O toi, toi que j'eus là vaincue à mes genoux,
Va, ma faible vertu s'est souvent repentie,
Car de mes bras discrets tu n'étais pas sortie
Qu'on te vendait à l'or d'un imbécile époux !

Mais qu'importe ? l'on fait le bien pour le bien même,
L'honneur est absolu ; lorsque sa voix suprême
A parlé, sans réplique il veut être obéi ;
Il veut voir à l'esprit asservir la matière,
Et ne saurait souffrir que cette esclave altière
Usurpe, car bientôt elle a tout envahi.

De tels déchirements ne se font pas sans larmes.
Mais dans la lutte même on trouve encor des charmes,
Et l'on s'estime plus lorsqu'on n'a point faibli ;
Dans le renoncement le cœur se fortifie ;
Il lui reste, à défaut du bien qu'il sacrifie,
Le légitime orgueil du devoir accompli.

Il peut, quand il se sonde et se cite à sa barre,
Il peut se rendre au moins ce témoignage rare,
Qu'éprouvé, comme Christ, par le grand Tentateur,
Dans la rencontre il a fait bonne contenance,
Et, des esprits d'en haut réclamant l'assistance,
Dompté les bas instincts de l'être inférieur.

Ce stoïque plaisir, je l'ai goûté moi-même;
Rien de vil n'a souillé mon ravissant poëme,
Et je le porte en moi pur comme une œuvre d'art;
L'ombre de cette enfant, quand le ciel me l'envoie,
Me sourit, et toujours je l'accueille avec joie;
Car je puis, sans rougir, soutenir son regard.

Petrolo (Toscane), 1828.

LA LUCIOLE.

A MADAME SOPHIE P.....

Doux flambeau des nuits sereines,
Astre ailé, rayon vivant,
Sur les coteaux, dans les plaines,
Tu flottes au gré du vent.

D'air, de parfums tu t'enivres,
Et, nageant dans le saphir,
Avec amour tu te livres
Aux caresses du zéphir.

Tu luis à la dérobée
Dans l'épaisseur des cyprès,
Comme une étoile tombée
Du ciel au sein des forêts.

Monté de branches en branches
Tu suspends ton léger vol,
Et discrètement te penches
Sur le nid du rossignol.

Puis, rentrant dans la carrière,
Ton essor capricieux
De longs flots de lumière
Sillonne l'azur des cieux.

Alors que les ombres règnent,
Que tout dort au fond des bois;
Quand les feux des monts s'éteignent;
Quand la nature est sans voix;

Comme un esprit tutélaire
Brille, insecte radieux,
Brille, et sous mes pas éclaire
Les sentiers mystérieux.

Brille, et des rêves funèbres,
Que la nuit porte en son sein,
Viens, dans l'horreur des ténèbres,
Conjurer le sombre essaim.

Mais déjà dans l'ombre immense
Tu te perds de fleur en fleur,
Comme un rayon d'espérance,
Comme un éclair de bonheur!

Petrulo, 1823.

FRÈRE ULRIC.

Poëme.

. . . . Quando
Il vergognoso errore
A scoprir s'incommincia, allor si muore.
METASTASE.

L'Alverne est le Carmel de l'Apennin toscan ;
Un sol d'anachorète, un site de Titan.
Au milieu des rochers s'élève un monastère,
Qu'un bois de sapins couvre et d'ombre et de mystère ;
Au simple voyageur ainsi qu'au pèlerin,
Il doit, trois jours durant, et le gîte et le pain.
Un soir que, fatigué du monde et de moi-même,
J'errais à pied et seul, en vrai fils de bohême,
Le hasard me jeta dans ce port écarté,
Et j'y fus retenu par l'hospitalité.

Couché sous un sapin dont le sombre feuillage
Me rappelle les bois chers à mon premier âge,

Je rêve à la patrie; et le Casentino,
Tout entier traversé par le naissant Arno,
Déploie à mes regards ses forêts verdoyantes,
Ses hameaux, ses cités, ses moissons ondoyantes,
Les mille aspérités de ses terrains mouvants,
Ses rochers fracassés par la foudre et les vents.
Puis une vapeur d'or s'étend sur la vallée,
Comme une mer de feu sous mes pieds déroulée.
Mais le Pratomagno, de plus en plus obscur,
Passe de l'or au pourpre, et du pourpre à l'azur;
S'éteignant par degrés au milieu du silence,
Le jour livre l'espace à la nuit qui s'avance.

Arrachant mes regards à cet enchantement,
Un moine au bord du bois s'approcha lentement;
Sa barbe, à gros flocons, de blancheur éclatante,
Sur le sombre tissu de sa robe flottante
Pendait, comme la neige aux rameaux d'un cyprès.
Sur l'austère vieillard fixant mes yeux distraits :

«Heureux, lui dis-je, heureux qui, dans vos solitudes,
Fuit le vide du monde et ses ingratitudes,
Qui, retrempant son âme aux sources du repos,
Y boit, avec la foi, l'oubli de tous les maux! »

—«Plus heureux, ô mon fils! le chrétien dont la vie.
Au joug des passions ne fut point asservie!
Qui, du monde ignorant les dégoûts, les douleurs,
Sur son passé n'a point à répandre de pleurs!
Le cœur qui fut longtemps battu par les tempêtes
Les retrouve partout, jusque dans nos retraites.
Il a soif du repos, mais il ne l'atteint pas ;
Ce monde qu'il veut fuir, s'acharnant à ses pas,
D'importuns souvenirs poursuivant sa mémoire,
Affermit à jamais sa profane victoire.
Pour moi, dans la cellule ont blanchi mes cheveux ;
Et depuis soixante ans enchaîné par mes vœux,
Aux règles du couvent pliant mes habitudes,
Je connais peu la vie et ses vicissitudes.
Ici mon horizon de tout temps fut borné.
Mais j'ai vu sur nos monts plus d'un infortuné,
Par les hommes trahi, vaincu par l'existence,
Implorer du désert la paix et le silence.

» Il en est un surtout, un dont le souvenir
Fait battre encor mon cœur et m'arrache un soupir :
Il avait, ô mon fils! ta voix, ton air, ton âge,
Et l'accent étranger qui règne en ton langage,
Et la mélancolie empreinte sur tes traits.

La neige de janvier blanchissait nos forêts;
Arrivé seul, à pied, par une nuit profonde,
Pour les habits du cloître il jeta ceux du monde.
Mais, quoique à nos destins ses vœux l'eussent lié,
Il en parut d'abord honteux, humilié.
Il prit le nom d'Ulric, et pour le monastère
Son vrai nom, son pays sont encore un mystère.
Son corps du montagnard avait l'agilité,
Son geste l'énergie et sa voix l'âpreté.
Le front haut, l'œil hardi, le cœur fier, l'âme pure,
Tout en lui révélait une forte nature,
Le fils d'une patrie où l'homme est mieux trempé,
Et d'un sceau plus profond en naissant est frappé.
Des daims de la montagne il poursuivait la trace;
Des plus hardis chasseurs il effaçait l'audace;
Il cherchait l'ouragan, méprisait les frimas,
Et la crainte en un mot qu'il ne comprenait pas.
Suspendu sans trembler au-dessus des abîmes,
Il bravait l'Apennin sur ses dernières cimes;
On eût dit qu'à lui-même il voulait échapper,
Et sous ses pieds aimait à nous voir tous ramper.

» Et cependant, toujours le premier dans le temple,
Le premier du devoir il nous donnait l'exemple;

Et bien des fois, tout seul, à l'autel étonné,
Durant la nuit entière on le vit prosterné.
De ses lèvres jamais ne sortit un murmure.
S'imposant une vie et plus mâle et plus dure,
Il dormait sur la pierre, et sa frugalité
Renchérissait encor sur notre austérité.
Son âge et les rigueurs qu'il s'imposait sans faste
Formaient aux yeux du monde un douloureux contraste;
Il fuyait les regards, il priait sans témoin.
Mais le bruit de son nom se répandit au loin :
Des pécheurs qu'au couvent conduit la pénitence
Frère Ulric plus que nous avait la confiance;
On oubliait son âge, et tous les affligés
Par lui seul, disaient-ils, se sentaient soulagés.
Il avait des accents pleins d'amour; cette bouche,
Qui semblait si sévère et parfois si farouche,
Ne prononçait jamais ces mots dont la rigueur,
En éloignant du ciel, décourage le cœur.

» Et pourtant je ne vis jamais sur ce visage,
Où la souffrance avait imprimé son passage,
Le saint recueillement ni la sérénité
D'une âme résignée avec simplicité.

Le souvenir vivant d'une douleur passée
Semblait au monde encore enchaîner sa pensée ;
Trop souvent à l'autel, distrait et soucieux,
Ce n'était pas la foi qui brillait dans ses yeux.

» Ne jugeons point ; Dieu seul connaît sa créature ;
Dans les adversités lui-même il nous épure.
Heureux ceux qu'il éprouve et qui versent des pleurs,
Quelque jour du martyre ils cueilleront les fleurs !

» Tant de tristesse, hélas ! sur ses traits était peinte,
D'un si grand désespoir son front portait l'empreinte,
Que mon vieux cœur, ému d'une tendre pitié,
A son insu, pour lui, s'ouvrit à l'amitié.
Quoiqu'il mît son étude à fuir notre présence,
Du jeune homme au vieillard j'oubliai la distance,
Et, pour le consoler, j'affrontai ses mépris.
A cette même place un jour je le surpris ;
C'était l'heure où, vaincu, le jour lutte avec l'ombre ;
Son front était plus pâle et son regard plus sombre.

—» De l'amitié, mon fils, pourquoi fuir les douceurs?
—» La nature est pour moi la plus tendre des sœurs.

—» Pour soulager ton mal ne pourrait-on l'apprendre ?

—» Mon père, il est des maux que tu ne peux comprendre.

—» Je fus jeune une fois et j'appris à souffrir.

—» A d'incurables maux quels remèdes offrir ?

—» L'espoir. —Il n'en est plus. —La pitié... —M'humilie.

—» Il n'est donc pas de terme à ta mélancolie ?

—» Il en est un, mon père, un seul. —Lequel ?—La mort. »

Il se tut, puis, faisant un douloureux effort,

Il couvrit de sa main sa brûlante paupière....

Et la cloche appela le cloître à la prière.

» Il ne fut pas toujours si dur que ce jour-là ;

Parfois même, en public, son cœur se dévoila.

Dans le carême, un jour, le jeune solitaire

Prêchait à Bibbiéna sur la femme adultère,

Et de l'amour si bien raconta les douleurs

Que des yeux les plus secs il arracha des pleurs.

« O toi ! s'écria-t-il d'une voix tendre et douce ;

» O toi que pour avoir trop aimé l'on repousse !

» En proie au désespoir, vouée à l'abandon,

» Viens aux pieds du Sauveur, viens, reçois ton pardon. »

A ces mots, on le vit retomber dans la chaire.

Comme pour éloigner une image trop chère,

Il étendait les bras en détournant les yeux,
Et fut longtemps ainsi pâle, silencieux.

—

» Les semaines passaient; toujours rêveur et sombre,
Ulric des jours, des mois ne comptait plus le nombre,
Et, de plus en plus morne et plus préoccupé,
Semblait du dernier coup avoir été frappé.
Le suivant en secret de ma sollicitude,
De sa sauvage humeur j'avais pris l'habitude.
Parfois la piété semblait morte en son cœur;
Et puis il revenait au ciel avec fureur.
Mais au passé toujours sa mémoire asservie,
D'implacables regrets tyrannisait sa vie.
Son corps robuste enfin s'affaiblit par degrés;
La pâleur s'étendit sur ses traits altérés;
La fièvre dans son sein déployait ses ravages;
Ses yeux la révélaient par des éclairs sauvages;
Et le jeune étranger, loin des siens, sans appui,
Ne trouvait que des cœurs sans charité pour lui.
Moi seul à son malheur j'étais resté fidèle;
Les frères lui faisaient un crime de son zèle;
Le prieur enviait sa popularité;
Tous cachaient mal leur haine et leur rivalité.

» Il ne recherche plus ses montagnes chéries ;

Mais seul dans sa cellule avec ses rêveries,

En proie aux souvenirs, en proie aux visions

Qu'éternisait en lui l'ardeur des passions,

Il suit sa destinée avec indifférence,

En lui-même absorbé dans un morne silence.

Enfermé tout le jour, quelquefois vers le soir,

A l'ombre des sapins, seul, il venait s'asseoir ;

Ses yeux perdus au ciel s'égaraient dans le vide ;

J'étais épouvanté de sa pâleur livide.

Sous tant d'adversités son front semblait fléchir,

Et je voyais sa barbe et ses cheveux blanchir.

Il souffrait sans jamais faire entendre une plainte ;

Mais quoiqu'il n'exprimât rien, ni regret ni crainte,

On voyait à son air inerte, abandonné,

Qu'il n'avait plus d'espoir, semblable au condamné

Qui, dans les fers, attend que la mort le délivre...

C'est ainsi qu'il vécut, si du moins c'est là vivre.

—Mon père, il est donc mort?—Plus que mort... il est fou!

» Prions pour lui, mon fils, et plions le genou

Devant le Dieu qui fait et guérit les blessures,

Qui choisit du salut les routes les plus sûres...

Mais écoute, j'entends Ulric qui vient ici. »

Une voix dans les bois chantait l'air que voici :

» D'une blanche couronne,
Au soleil de l'automne,
Le front des monts rayonne ;
L'azur du ciel est gris ;
Et le saule des rives,
De ses branches plaintives,
Livre aux eaux fugitives
Les feuillages flétris. »

Dans un gémissement la voix alors expire,
Et, par elle attendri, l'écho des bois soupire.
Comme un spectre sorti du sein de la forêt,
Hâve et maigre, l'œil fixe, Ulric nous apparaît.
Il relève son front qui vers la terre incline,
Et, croisant brusquement ses bras sur sa poitrine,
En face du vieillard il se pose debout :

« Un moine ! encore un moine ! On en voit donc partout !
Dit-il. Je fuis en vain, leur bande à moi s'acharne.
Pour me persécuter l'enfer en eux s'incarne.
Dans les bois, sur les monts, à toute heure, en tous lieux,
Le démon, sous leurs traits, surgit devant mes yeux.

Dans leur cage de fer, prisonnier comme l'aigle,
Je les hais tous ; je hais et leur cloître et leur règle,
Et les dieux imposteurs par leur bouche invoqués,
Des dieux qu'à leur image ils se sont fabriqués.
Leur culte est idolâtre et leur ferveur me glace ;
Leur vulgaire pitié m'humilie et me lasse...

. . . .

Là, je porte un secret dans mon cœur enfoui...
Vous voulez le savoir, ce secret?... Eh bien ! oui,
Je vais parler enfin : apprenez donc que j'aime...
Oui, le dieu que j'adore au pied de l'autel même,
C'est l'amour. L'amour seul parmi vous m'exila.
A vos yeux trop longtemps mon cœur dissimula.
En me liant à vous je commis un parjure :
Mes serments, j'en rougis ; mes vœux, je les abjure... »

Le vieux moine écoutait Ulric avec terreur.
Satan même à ses yeux eût causé moins d'horreur.
Il se signa trois fois à défaut d'eau bénite.
Je lui dis : — « Vous voyez que votre aspect l'irrite.
Pour la première fois le voyant aujourd'hui,
Peut-être apporterai-je un peu de calme en lui.
Mon père, laissez-nous seuls un instant sans crainte ;
La voix d'un inconnu de sa raison éteinte

Peut rallumer la flamme. —O mon fils, plaise à Dieu
Que sa bonté divine accomplisse ton vœu! »
Le vieillard, à ces mots, d'un pas lent et tranquille,
Regagne du couvent le solitaire asile.

Ulric, seul avec moi, parut moins agité;
La colère quitta son regard irrité.
Pendant ce temps la nuit avait tendu ses voiles.
— « Regarde, me dit-il, regarde les étoiles;
Elles suivent en paix leur course au fond du ciel;
Tout vit; rien n'est troublé dans l'ordre universel.
La matière, ignorant son but, sa force interne,
Subit aveuglément la loi qui la gouverne;
Elle ne souffre pas; et nous, réponds-moi, nous,
Qui savons, qui pensons, pourquoi souffrons-nous tous?
—Parce que nous aimons. —Aimer!... qui donc prononce
Ce mot-là devant moi? Qui dans mon cœur enfonce
Le poignard acéré que j'avais arraché?
Qui divulgue un secret que je tenais caché?

.   .   .   .

.   .   .   .

» Il est une villa qu'une fontaine arrose,
Où, dans tout son éclat, fleurit le laurier-rose,

Où le pin, l'olivier gazent les feux du jour ;

La vigne au peuplier s'y balance avec grâce ;

Au cyprès des tombeaux le myrte s'entrelace,

Fidèle emblème, hélas ! des larmes dans l'amour.

» Du désert exilé sur la terre chrétienne,

Un palmier berce au vent sa tête aérienne,

Et de ce sanctuaire ombrage les parvis.

Par une de ces nuits comme en a l'Italie,

~~Nuits~~ Où la volupté règne avec mélancolie,

Pour la première fois, c'est là que je la vis.

» Sur ses longs cheveux noirs négligemment posée,

Une fleur d'oranger parfumait la rosée ;

Un rossignol plaintif accompagnait sa voix ;

On entendait au loin gémir une guitare ;

Les étoiles peuplaient l'espace ; comme un phare,

La lune brillait pure à la crête des bois.

» O nuit d'enivrement, d'amour, nuit de mystère !

Étais-je dans le ciel ? étais-je sur la terre ?

Était-ce l'idéal ou la réalité ?

C'était sur le bonheur une ardente échappée.

Mais cette vision une fois dissipée,
Dans une nuit sans fin Dieu m'a précipité.

.   .   .   .

.   .   .   .

» Et voici, j'ai servi de but à sa colère :
En naissant arrosé des larmes d'une mère,
Sur mon berceau couvert de mystère et de deuil,
Je ne vis point son front briller d'un tendre orgueil.
Dans un but inconnu, créé pour la tendresse,
J'ai dans l'isolement consumé ma jeunesse,
Et n'ai jamais cherché ces vulgaires plaisirs
Qui dépravent le cœur sans tuer les désirs.
Tout ce que l'homme envie était pour moi sans charmes ;
Au fond de tout je n'ai trouvé que vide et larmes.
Chaque sentier pour moi de ronces fut jonché,
Et ma main a flétri tout ce qu'elle a touché.
J'avais mis dans l'amour ma dernière espérance,
Et l'amour m'a trompé !... Voilà mon existence !
Voilà, mon Dieu ! les maux dont tu m'as abreuvé
Et c'est ici le port qui m'était réservé !
Le désert, un silence éternel, une vie
A la règle du cloître à jamais asservie ;

Une robe de bure, où mon cœur oppressé
Palpite et saigne encor sous les coups du passé.
Et je pourrais, ô Dieu ! victime involontaire,
Je pourrais lâchement me soumettre, me taire !
Lorsque ton bras s'acharne à me persécuter,
M'as-tu fait libre et fier pour ne jamais lutter ?
Quand de son flot amer le désespoir m'inonde,
Quand le murmure en moi, quand la révolte gronde,
Faut-il que je l'étouffe ? Esclave résigné,
Dois-je tuer une âme où l'amour a régné ?
Dans ton éternité paisible et solitaire,
Est-ce que tu te plais aux malheurs de la terre ?
Au lieu d'un Dieu d'amour, d'un Dieu de charité,
Es-tu ce Dieu terrible et sans cesse irrité
Dont le prêtre farouche effrayait mon enfance,
Qu'il me peignait armé toujours pour la vengeance ?
Sourd aux pleurs, te ris-tu des crédules mortels
Qui d'un encens pieux font fumer tes autels ?
Est-ce là ta clémence et ta sollicitude ?
Et quel est ce devoir dont le joug est si rude ?
Dupe d'un préjugé qu'on appelle vertu,
J'ai souffert trop longtemps, trop longtemps me suis tû.
Ah ! que n'ai-je étouffé cette voix importune !
Insensé ! Qu'importaient mon rang et ma fortune ?

4.

J'aimais, j'étais l'égal des rois, l'égal des dieux.
Que n'ai-je été moins fier et plus audacieux !
Que n'ai-je osé du Christ m'appliquer les oracles !
Comme la foi, l'amour accomplit des miracles.
Maudits soient mon orgueil et ma timidité !
Maudits soient la vertu, l'amour et la beauté ! »

Il se tut. Les deux mains sur son front enlacées,
Il parut quelque temps perdu dans ses pensées ;
Il embrassait le ciel de ses regards errants,
Et prononçait tout bas des mots incohérents.

« Le tronc blanc des bouleaux brille au seuil du bois sombre.

. . . .

Un soleil d'or surgit sur le fond bleu de l'air.

. . . .

A chaque coup de rame étincelle un éclair.

. . . .

L'Océan jette un cri désespéré dans l'ombre.

. . . .

Que la nuit est sereine ! on voit, ou l'on croit voir,
Du haut du firmament des étoiles pleuvoir...
Laissez-moi les compter... Dieu seul en sait le nombre.

. . . .

Hélas! que sommes-nous? Un sourire, un coup d'œil
Peut remplir une vie ou de joie ou de deuil... »

Il rentra de nouveau dans son morne silence.
Je craignis de le voir tomber en défaillance.
Je voulus lui parler, il ne m'écouta pas;
A travers les sapins il marchait à grands pas.

« Avez-vous, reprit-il, quand tout repose encore,
Alors qu'entre la veille et le sommeil qui fuit,
Vous flottez suspendu, comme flotte l'aurore,
Entre le jour naissant et l'ombre de la nuit,

» Avez-vous entendu, loin, bien loin dans l'espace,
La trompe du berger, le chant du bûcheron?
Le cor mystérieux qui gémit et qui passe?
La voix sainte de l'orgue ou le cri du clairon?

» Était-ce la guitare ou la voix d'une femme? »

.   .   .   .

.   .   .   .

.   .   .   .

Quel souvenir confus s'éveillait dans son âme?

Je ne sais, car ici sa parole expira;

D'un éclat effrayant son front se colora.

Un soupir désolé déchira sa poitrine.

Sur moi fixant un œil que la fièvre illumine,

Il fut quelques instants sans parler, puis soudain :

« Non, non, s'écria-t-il en m'étreignant la main,

Non, je n'étais point né pour cette solitude ;

Non, je hais le repos, je suis mort à l'étude ;

J'abhorre du couvent les stupides loisirs ;

J'avais d'autres besoins, j'avais d'autres désirs.

Connais-tu Michel-Ange?.. Apprends donc qu'ici même,

Sur ce roc, il reçut le jour et le baptême.

Oui, Dieu mit son berceau dans ces obscurs déserts,

Et son nom maintenant est grand dans l'univers ;

Et son vieux front, chargé d'une triple couronne,

Au firmament de l'art avec splendeur rayonne.

Les tempêtes grondant sur ces monts orageux

De sa rêveuse enfance étaient les plus doux jeux.

Dans le recueillement de ces sites grandioses,

Son esprit s'élevait au sens divin des choses ;

Et son génie altier, fils de la liberté,

Mûrissait au désert pour l'immortalité.

Que de fois à genoux au berceau du grand maître

J'avais rêvé la gloire aux lieux qui l'ont vu naître.

Si je n'eusse abdiqué dès le premier effort,

Peut-être eussé-je aussi triomphé de la mort;

Je sentais en mon sein brûler une étincelle,

D'où peut-être fût née une flamme immortelle.

Aux jours de l'espérance, il m'en souvient encor,

J'avais de grands instincts, j'avais des rêves d'or.

Enfant de la montagne, ainsi que Michel-Ange,

Mon pied n'a des cités jamais touché la fange.

Forcer les sangliers dans les forêts errants,

Opposer ma poitrine aux fureurs des torrents,

De l'aigle, du chamois usurper les retraites,

Tels furent, comme à lui, mes premiers jeux, mes fêtes.

Mon cœur exubérant, à la crainte étranger,

Jouait avec l'orage et vivait du danger.

A mon âme, il est vrai, pesait la solitude,

Et je sentais parfois une âpre inquiétude,

Je ne sais quel malaise et quel souffle énervant

Qui m'ont fait, par l'amour, échouer au couvent.

Si du moins au couvent j'avais trouvé le calme,

Et de mon long martyre enfin cueilli la palme;

Si ce cœur trop ardent, par l'amour égaré,

Dans les pensées d'en haut se fût régénéré;

Mais non, mon cœur n'a fait que changer de supplice,

Et Dieu, Dieu, rejetant mon triste sacrifice,

S'est détourné de moi, comme un père irrité

A sa rébellion livre un fils révolté.

Possédé tout entier par qui?... Par une femme,

Un amour sans espoir dispute au ciel mon âme;

En vain avec fureur l'ai-je en moi refoulé,

De lui seul à mes yeux ce désert est peuplé.

De profanes regrets m'assaillent, je blasphème;

Je succombe, éperdu sous mon propre anathème;

Faisant naguère au monde un éternel adieu,

Je l'ai fui pour toujours sans m'approcher de Dieu;

Je ne brûle à l'autel que l'encens d'un impie;

Tout rallume en mon cœur une flamme assoupie;

Je fais pour l'étouffer des efforts superflus;

Dieu m'a déshérité de la paix des élus. »

Tant qu'il fut emporté par sa sombre élégie,

Geste et voix, tout en lui respirait l'énergie.

Mais, prenant dans ses mains son front appesanti,

Tout à coup je le vis tomber anéanti.

D'un long abattement sa fièvre fut suivie;

Immobile, accablé, sans parole, sans vie,

Il demeura longtemps couché sur le gazon.

De nouveau dans ses yeux s'éteignit la raison.

Dès lors enveloppé d'un silence farouche,

A peine, par instants, s'échappaient de sa bouche

Des mots entrecoupés, que je n'entendais pas.

On eût dit qu'à lui-même il se parlait tout bas.

Fixant un œil ému sur son pâle visage,

Je saisis cependant quelques mots au passage.

. . . .

« Seul du soir à l'aurore et de l'aurore au soir !

Disait-il.... Toujours seul !... Et ne jamais revoir

Ce qu'on a tant aimé, ce que l'on aime encore !...

. . . .

L'air de la solitude est un feu qui dévore.

. . . .

Avant que de mourir, que ne puis-je une fois,

Une fois seulement, entendre encor sa voix !

Voir de loin, dans les pins, flotter sa robe blanche,

Comme un ramier surpris qui fuit de branche en branche.

. . . .

J'ai tout sacrifié pour elle, tout perdu !...

Comment à tant d'amour a-t-elle répondu ?...

Et mon cœur, Dieu le sait, ne demandait rien d'elle...

. . . .

Un songe, cette nuit, m'emporta sur son aile :
Nous étions seuls tous deux, seuls avec notre amour.
La brise adoucissait les feux brûlants du jour ;
Nous faisions, j'ignore où, de longues promenades.
L'air parfumé des bois, la fraîcheur des cascades
Amollissaient nos cœurs de bonheur enivrés ;
Les gazons frémissaient sous ses pieds adorés ;
Tout en nous, hors de nous, palpitait de tendresse ;
L'univers tout entier partageait notre ivresse.
Les pins plus mollement se berçaient au soleil ;
Les lacs resplendissaient d'un éclat plus vermeil ;
L'écume des torrents brillait au sein des plaines ;
Tous les jours étaient purs, toutes les nuits sereines.
Cachés dans les forêts ou perdus dans les airs,
Mille oiseaux, à l'envi, confondaient leurs concerts ;
A ces hymnes d'amour, sa voix divine unie,
De la terre et des cieux surpassait l'harmonie.

. . . .

Mon rêve est dissipé, plus d'amour... un couvent.
De lugubres sapins tourmentés par le vent...
Un ciel vide, un cœur mort, des yeux sans feu, sans larmes...
La nature elle-même a perdu tous ses charmes,
Elle déploie en vain sa grâce, sa beauté,
Je la contemple seul, tout est désenchanté. »

Il changea tout d'un coup de pose et de langage ;
Une rougeur subite embrasa son visage ;
On voyait à son trouble, à l'ardeur de ses yeux,
Que la chair lui livrait un assaut furieux.

« Une nuit, puis la mort ! » disait à Cléopâtre
L'ardent Égyptien de sa reine idolâtre.
« Une nuit, une seule !... et les bourreaux après !
» Devant moi du supplice ordonnez les apprêts ! »

. . . .

La reine lui sourit. Sur sa couche de soie,
Frais et voluptueux, son beau corps se déploie.
Il ne voit qu'elle, il tombe, ivre de volupté,
A ses pieds.... dans ses bras.... le pacte est accepté.
Il bannit de son cœur tout souci, toute alarme.
Sa bouche audacieuse erre de charme en charme....
Il est heureux !... qu'il meure !... Une heure de plaisir
Vaut plus qu'un siècle entier de regret, de désir. »

Le désordre se mit alors dans ses pensées ;
Il ne terminait plus ses phrases commencées ;
Dans ses veines son sang par degrés s'échauffait,
Et son esprit confus se troubla tout à fait.

Comme Ixion, d'un bras ardent, étreint la nue,
Il croyait devant lui voir la femme inconnue
Dont l'âpre souvenir tyrannisait son cœur,
Et de tout, de Dieu même, était en lui vainqueur.

« Ah! reconnais, dit-il, sous cet habit vulgaire,
L'infortuné proscrit qui se taisait naguère.
Je sens brûler encor, là, dans ce cœur brisé,
L'inextinguible feu dont tu l'as embrasé.
Oui, de toi seule ici mon âme est possédée.
Je n'eus jamais qu'un vœu, qu'un culte, qu'une idée,
Toi, te dis-je... Eh quoi! donc n'ai-je rien mérité?
Quoi! ne devais-tu rien à ma fidélité?
Quoique j'eusse aux autels lié mon existence,
Je conservais toujours un reste d'espérance :
Oui, mon cœur me disait que, formés par l'amour,
Mes vœux par lui devaient être brisés un jour.
Ah! depuis quand l'amour est-il un si grand crime?
Je fus d'un faux devoir assez longtemps victime.
Fuyons; foulons aux pieds un chimérique honneur.
Je suis las de souffrir, j'ai besoin de bonheur.
J'ai trop longtemps vécu de larmes, d'artifice;
Dieu veut la liberté, non pas le sacrifice;

Dieu vient lui-même ici d'entendre mes aveux ;
Et, j'en crois sa bonté, lui-même il rompt mes vœux.
Nous ne sommes pour lui ni traîtres ni transfuges :
Viens, viens, pour les heureux le monde a des refuges ;
Il en aura pour nous. Réunis à jamais,
Nos cœurs refleuriront dans l'amour et la paix. »

Il me semblait, hélas ! témoin de ce parjure,
Que son cœur était grand, que son âme était pure ;
Que ton autel, ô Dieu ! n'était point profané,
Et que son crime était absous et pardonné.

Ulric fit sur lui-même un retour salutaire,
Et d'amant égaré redevint moine austère,
Le spectre tentateur qui l'avait ébloui,
Comme il était venu, s'était évanoui.
Il se fit dans son âme une clarté nouvelle ;
La raison lui revint et le calme avec elle ;
Tout à ses yeux reprit son véritable aspect ;
Il s'écria, courbant la tête avec respect :

« Grâce, grâce, ô mon Dieu ! le serviteur indigne
A tes saintes rigueurs en chrétien se résigne !

De tes compassions l'abîme est infini,

Grâce, grâce, ô mon Dieu! que ton nom soit béni!

Oui, oui, j'ai blasphémé tes attributs augustes;

Honneur au saint des saints! gloire au juste des justes!

Honneur et gloire à toi, Dieu clément! Dieu vainqueur!

Ton trône est dans le ciel, ton trône est dans mon cœur.

Sur l'œuvre de tes mains tes mains sont étendues;

Seul, tu peux apaiser nos âmes éperdues.

Dans ton sein paternel j'épanche mes douleurs.

Heureux les affligés, tu sécheras leurs pleurs!

Si longtemps, plus que toi, j'aimai ta créature,

Pardonne! elle est si belle et ma flamme était pure.

Le sacrifice est grand : à l'amour, ô mon Dieu!

On ne fait pas sans larme un éternel adieu.

Si quelque souvenir au monde encor m'enchaîne,

Pardonne! et fais la part de la faiblesse humaine.

Je ne veux désormais plus d'autre amour que toi,

Que les cieux pour patrie et pour règle la foi.

Qu'aurais-je fait encor dans ce désert du monde!

Oui, sur toi, pour jamais, sur toi seul je me fonde.

Pour me donner le jour fécondant le néant,

Ne m'as-tu pas nommé ton fils en me créant?

. . . .

Il est des souvenirs qu'on accueille sans larme,

Oasis du passé, qu'on traverse avec charme,

Mais moi, vous le savez, je n'en ai pas, Seigneur,

Pas un seul ici-bas où reposer mon cœur.

Et je repousserais le confident céleste,

L'ami qui seul sur terre et par delà me reste !

Ai-je un autre refuge en mon adversité ?

Ah ! je n'ai plus d'espoir qu'en l'immortalité.

Toi seul es mon rocher, mon port, ma délivrance.

O Dieu ! j'élève à toi le cri de ma souffrance ;

Écrase mon orgueil et fortifie en moi

L'effroi des passions et l'amour de ta loi.

. . . .

Honneur et gloire à toi, consolateur suprême !

Toi dont j'avais maudit les parvis, et dont j'aime

A louer, à bénir le nom sur les hauts lieux !

Tu te plus à graver ta gloire au front des cieux.

Sérénité des monts, rochers, bois solitaires,

Vous initiez mieux l'âme aux divins mystères.

Trop souvent ma pensée, enchaînée à l'autel,

Soupire pour l'air libre et la splendeur du ciel.

Sous le dais étoilé la piété s'épure,

Et Dieu nous apparaît, au sein de la nature,

Plus grand, plus paternel qu'en nos temples humains.

La nature est le temple élevé par ses mains.

C'est lui qui pour autel y dressa les montagnes,
Pour encens parfuma les forêts, les campagnes,
Qui pour chœur aux oiseaux enseigna leurs concerts,
Et pour lampe alluma le soleil dans les airs.

— « Ah! mon frère, lui dis-je, enfin Dieu vous éclaire.

— » Dieu détourne de moi le bras de sa colère;
Il me rend à moi-même, et de la vérité
Fait briller à mes yeux la paisible clarté.
Sans doute on t'aura dit que j'étais en démence?
J'ai toute ma raison, toute ma clairvoyance.
Je vois venir la mort, elle approche à grands pas;
Et, pouvant l'éloigner, je ne le voudrais pas.
La mort est mon salut, l'asile qui me reste;
Des orages battu, j'aborde au port céleste;
Je sais que Dieu paîra mes épreuves d'un jour
Par une éternité de repos et d'amour.
Puis-je donc, en mourant, regretter cette terre?
Hélas! comme j'y meurs, j'y vécus solitaire.
Lorsque dans le passé se replonge mon cœur,
Je n'y retrouve pas un seul jour de bonheur. »

Sur mon bras appuyé, le jeune anachorète,
D'un pas pénible et lent, regagna sa retraite.

Il se laissa tomber sur son humble grabat,

Et là, contre la mort soutint le grand combat.

Son œil était vitreux, son front mat, son teint blême.

J'étais à son chevet plus pâle que lui-même,

Faisant pour lui parler des efforts superflus,

La voix me trahissait, lui ne répondait plus.

Nous étions seuls toujours; une lampe rustique

Jetait sur les murs blancs un jour mélancolique.

Jusqu'aux frères convers, tout dormait au couvent.

Le silence y régnait, mais en dehors le vent

Agitait des sapins la cime colossale,

Et venait jusqu'à nous mourir de salle en salle.

Le bois craque et mugit, frappant au loin les airs

D'une rumeur semblable à la vague des mers;

Puis bientôt du matin l'orageux crépuscule

Pénètre avec effort dans la sombre cellule;

La nuit au monde enfin fait ses derniers adieux,

Et le soleil vainqueur se lève radieux.

Ses feux de pourpre et d'or embrasaient la nature;

Des humides forêts brillait la chevelure;

Invisible dans l'air, l'alouette chantait,

Et, perdu dans l'espace, un aigle répondait.

5

Tout s'éveille à la fois, la plaine, la montagne :
Et la cigale crie, et le pâtre accompagne,
D'un son grêle et plaintif, le chant du muletier,
Qui, d'un pas lent et sûr, gravit l'étroit sentier.
A son tour éveillé, l'airain du monastère
Mêle une voix du ciel à ces voix de la terre ;
Et la terre et le ciel, en renaissant au jour,
Confondent leurs transports dans un hymne d'amour.

Ulric mourant assiste à cette renaissance.
Ce spectacle lui rend toute sa connaissance :
Immobile, sans force, inondé de pâleur,
En silence couché sur son lit de douleur,
Il sourit tristement à sa dernière aurore,
Et ne demanderait qu'à respirer encore,
Avant de s'endormir de l'éternel sommeil,
L'air libre des grands bois balancés au soleil.

« Ah ! me dit-il enfin, d'une voix altérée,
Je sens que cette mort si longtemps implorée,
Trop tardive ou trop prompte, étend son bras sur moi ;
Qu'elle vienne, mon cœur l'accueille sans effroi.
La mort pour l'infortune est une délivrance ;
La mort est, tu le sais, mon unique espérance.

Mourir n'est pas mourir, c'est naître, Dieu l'a dit.
La véritable vie à mes yeux resplendit.
Notre âme se rallume au moment de s'éteindre.
Garde-toi donc, ami, garde-toi de me plaindre.
Par des bras étrangers plié dans mon linceul,
Loin du pays natal je meurs, il est vrai, seul;
Seuls, mes os blanchiront dans le désert alpestre;
Qu'importe où doit rester ma dépouille terrestre!
Me puis-je inquiéter de ce vil vêtement,
Quand l'heure sonne en haut de mon avénement?
Mais, près de comparaître à la barre éternelle,
Quel compte vais-je rendre au juge qui m'appelle?
Quel usage ai-je fait des jours qu'il m'a comptés?
Ai-je au culte du bien voué mes facultés?
N'aurais-je pas plutôt commis un suicide,
Lorsque je suis venu, dans cette Thébaïde,
Pour fuir un triste amour, m'ensevelir vivant?
Avais-je les vertus et la foi du couvent?
Peut-être avais-je, au lieu de vivre en solitaire,
Des devoirs plus sacrés à remplir sur la terre.
Pardonnez-moi, mon Dieu, s'il en était ainsi;
Car j'ai beaucoup souffert... prononcez, me voici!
Nourri dans le respect de vos saints tabernacles,
Je m'endors sur la foi de vos divins oracles. »

Il se tut à ces mots, et parut s'assoupir.

Mais bientôt il rouvrit les yeux; un long soupir

Souleva lentement sa poitrine oppressée;

Il avait de la peine à saisir sa pensée.

D'un trouble intérieur ses sens étaient frappés;

Puis enfin il reprit en mots entrecoupés:

« O toi dont, en mourant, j'adore encor l'empire,

Que fais-tu loin des lieux où je t'aime, où j'expire?

Ah! je lègue à Dieu seul un bien si précieux.

Il m'en priva sur terre, il me l'accorde aux cieux.

Oui, c'est ainsi qu'il doit payer mon sacrifice,

Et qu'au delà des temps éclate sa justice.

Pardonnez si pour elle, ô mon juge! ô mon Dieu!

Fut mon dernier soupir, comme mon dernier vœu! »

. . . .

. . . .

Il mourut. Tout le cloître, avec indifférence,

Le suivit jusqu'au champ de l'éternel silence;

Et, resté, le dernier, dans ce séjour de deuil,

D'une modeste croix j'ombrageai son cercueil.

Toscane, 1828.

L'ÉTOILE ET LE NAUTONIER

ROMANCE.

Un nautonier, seul au lointain rivage,
Dormait, au port par les vents retenu;
La nuit régnait, et, chassé par l'orage,
Il s'éveilla sous un ciel inconnu;
Lui souriant de la voûte éternelle,
Un nouvel astre apparut à ses yeux;
De l'étranger guide sûr et fidèle,
Brille toujours, brille, étoile des cieux!

Le nautonier, sur la poupe immobile,
Tient les regards fixés au firmament;
L'air est serein, l'Océan dort tranquille,
Il veille seul sur le vaste élément;
L'astre rayonne, et la mer en ses ondes
Aime à bercer son reflet gracieux;
Pour l'étranger perçant les nuits profondes,
Brille toujours, brille, étoile des cieux!

¹ On trouvera à la fin du volume la musique de cette romance, due au talent doux et gracieux de mon ami, M. F. Grast.

Le nautonier, plein d'une chaste ivresse,
Du divin astre adorait la beauté;
Les doux rayons venaient avec mollesse
Se réfléchir dans son œil enchanté;
Dans son délire, il prête une harmonie
Au ciel désert, aux flots silencieux;
De l'étranger, animant l'insomnie,
Brille toujours, brille, étoile des cieux!

Le nautonier oubliait son voyage,
Il s'enivrait de son astre adoré.
Mais tout à coup par un nouvel orage
Son frêle esquif au loin est emporté;
L'astre chéri se perd au sein des nues;
L'infortuné lui fait de longs adieux.
Pour l'étranger sur ces mers inconnues,
Ah! brille encor, brille, étoile des cieux!

Pise, 1828.

A DEUX SOEURS.

1ᵉʳ JANVIER 1829.

Au sein des nuits je veille ;
Attristant mon oreille,
L'airain sonne minuit ;
Ainsi qu'un mauvais rêve,
L'an révolu s'achève,
Mais un autre le suit ;
Au seuil de l'existence,
Reçu par l'espérance,
Dans l'ombre il naît sans bruit.

Qu'il naisse donc. Qu'importe
Ce qu'au monde il apporte ?
Tous mes jours sont égaux ;
Enfant perdu sur terre,
De rive en rive j'erre,
Poursuivant le repos ;
Le temps au temps succède,
Sans porter le remède
D'inguérissables maux.

Mais pour vous que la vie
Avec amour convie
A des jours florissants,
Pour vous la jeune année
S'avance couronnée
De fleurs, d'épis naissants ;
Livrez-vous donc sans crainte
A l'amoureuse étreinte
De ses bras caressants.

Comme deux nefs rivales,
Aux brises matinales
S'élancent loin du bord,
Sur la foi des étoiles,
Ouvrez en paix vos voiles,
La mer sourit et dort ;
De si charmantes têtes
Désarment les tempêtes,
Le vent vous mène au port.

Pise.

UN RÊVE.

Poëme.

1829.

SONNET I.

Vous êtes un enfant ; insouciant vainqueur,
Vous frappez, vous blessez, puis vous riez, madame ;
Et vous ne savez pas le mal que fait à l'âme
Un sourire équivoque, un mot dur ou moqueur.

Pour se taire en tombant sous l'épieu du piqueur,
Le cerf souffre-t-il moins que s'il se plaint et brame ?
Hélas ! ainsi que lui, sous un regard de femme,
Sous le vôtre tombé, je souffre et tais mon cœur.

Et c'est vous qui raillez ma pâleur, mon silence !
Si ce n'est par pitié, respectez par prudence
Ces mystères du cœur que je n'ai point trahis ;

Car si je parle enfin, craignez qu'ombre frivole,
De vos lèvres aussi le rire ne s'envole...
Malheur à qui levait le voile de Saïs !

Pise.

SONNET II.

Ce joug que foule encor ton pied libre et joyeux,
Mon front vaincu le porte, et tu t'en glorifies;
Mais le calme est perfide aux mers où tu te fies;
Tu vogues sur la foi d'astres fallacieux.

Va, cette liberté qui rayonne en tes yeux,
Idole qui t'abuse et que tu déifies,
Tous ces marbres glacés à qui tu sacrifies,
Je n'en suis point jaloux; non, ce sont de faux dieux.

Le vrai dieu, c'est l'amour; n'en doute pas, sa flamme,
Lorsque viendra ton jour, embrasera ton âme;
Le myrte de ton front bannira l'oranger;

Et, courbée à ton tour sous le sceptre du maître :
« Cassandre avait raison, » te diras-tu peut-être;
Et tes yeux, mais trop tard, chercheront l'étranger.

Pise.

SONNET III.

Mais pourquoi l'arracher à son insouciance?
Dans son âme éveiller le doute, la douleur?
Pourquoi l'initier à ma rude science,
Puisqu'ici-bas le fruit fait regretter la fleur?

Qu'elle garde plutôt son heureuse ignorance!
Que la paix s'éternise en elle avec l'erreur!
Que mon secret fatal meure dans le silence,
Et que mon souvenir s'éteigne dans son cœur!

Dieu, qui l'avez créée en un jour d'allégresse,
Gardez-la pure et belle; éloignez sa jeunesse
Du perfide Océan que j'ai trop défié;

Et, puisque cet amour, hélas! était un crime,
Puisque pour l'expier il faut une victime,
Qu'au moins je sois des deux le seul sacrifié.

Pisc.

SONNET IV.

A vingt ans, quand le cœur n'a point encore aimé,
Que, trop riche de séve, il se plaint de trop vivre;
Qu'il ne se fixe à rien, et qu'à tout il se livre;
Qu'il se fond en soupirs, d'un feu sourd consumé;

Quand du monde il est las à la fois et charmé;
Qu'il s'en crée un à lui, le peuple, et qu'à poursuivre
Ses propres visions il s'épuise et s'enivre;
Quand pour lui la nature est un temple fermé:

Alors dans l'existence allant en découverte,
Et croyant qu'à l'amour tout cède et tout répond,
On franchirait encor l'orageux Hellespont.

Ainsi j'ai fait; du haut de ma rive déserte
J'ai vu le flambeau poindre, et n'ai, fougueux nageur,
Pas même du détroit mesuré la largeur.

Pise.

SONNET V.

J'avais fui jusqu'alors par dégoût, par devoir,
La danse au pied lascif, le jeu, monstre à l'œil louche ;
L'amour, apprivoisant le montagnard farouche,
Dans le monde aujourd'hui me traîne chaque soir.

Couvert aussi du masque et du domino noir,
J'ai le propos railleur, j'ai le rire à la bouche,
Et, rentré sous mon toit, je me tords sur ma couche ;
Mon cœur éclate alors en cris de désespoir ;

Puis, encor tout baigné d'une sueur de rage,
Recomposant ma voix, mon geste et mon visage,
Je reprends au matin mon manteau d'histrion.

Raffinement barbare ! horrible comédie !
Oreste ceignait-il des roses d'Arcadie
Sa tête dévouée à la proscription ?

Pisc.

SONNET VI.

Je te peignais mes lacs, nos monts aériens,
La cascade tombant des cieux dans la prairie,
Nos glaciers, nos chamois, l'agreste bergerie,
Les pâtres, les troupeaux, nos vieux Helvétiens.

Et toi, durant ces longs et si courts entretiens,
Voyant mon front plus triste et ma voix attendrie,
Tu croyais mes regards tournés vers la patrie,
Mes regards enivrés ne cherchaient que les tiens.

Oh! que de fois, saisi d'un aveugle délire,
Je fus près d'arracher mon masque et de te dire :
« Ma patrie et mon dieu, vous le voyez, c'est vous! »

Mais, de sa main de plomb, scellant, glaçant ma bouche,
Ta famille était là, comme une ombre farouche,
Là, toujours, élevant son orgueil entre nous.

Pise.

SONNET VII.

Je me tais, il est vrai; fidèle à mon serment...
Mais non, je ne puis croire, après que mon silence
A fait parler si haut sa muette éloquence,
Non, non, je ne puis croire à tant d'aveuglement.

Je joue un rôle ingrat que tout en moi dément;
En vain je feins le calme, en vain l'indifférence;
J'en appelle à ton cœur, à ton intelligence,
Lorsque je dis : « Ami, » n'entends-tu pas : « Amant? »

Quoi! tu me vois durant toute une longue année
Surgir devant tes pas comme une ombre obstinée,
Et tes regards distraits dans les miens n'ont rien lu!

Tu me vois devant toi baisser un œil humide,
Trembler à tes côtés, comme un enfant timide,
Et tu n'as pas compris?... Tu ne l'as pas voulu.

Pise.

SONNET VIII.

Heureux qui lui dira : « Je t'aime ! » sans remord !
Heureux qui la vaincra par de brûlantes larmes !
Qui, joignant de l'amour le charme à tant de charmes,
Éveillera son cœur comme un enfant qui dort !

Heureux qui, le premier l'entraînant à son bord,
Lui doit des hautes mers faire aimer les alarmes,
Et peut-être gémir sur les coups que ses armes
Frappaient, en se jouant, quand elle était au port !

Heureux qui, déployant sa jeune intelligence,
Saura l'initier à la grande science,
Et l'enivrer d'amour, d'espérance et de foi !

Et ce révélateur, ce rival de Dieu même,
Qui lui doit imposer cet auguste baptême,
L'arrêt est sans appel, ce ne peut être moi.

Pise.

SONNET IX.

Ce ne peut être moi, l'arrêt est sans appel!
Qui l'a dit? La vertu, sévère et triste duègne,
Qui régente ma vie et sur mon âme règne,
En maître impérieux qui tonne au nom du ciel.

Je veux parler... silence! un mot est criminel.
Mon œil s'allume,... ô crime! il faut que je l'éteigne,
Et, prenant l'air serein, quand ma blessure saigne,
Soutenir, par devoir, un mensonge éternel.

Je pleure, il faut sourire; il faut, quel jeu barbare!
Me cachant sous un masque afin de l'approcher,
M'armer d'un front de glace et d'un cœur de rocher.

Et pourquoi? quel abîme infini nous sépare?
Elle est riche, elle est noble, et moi, je ne suis rien...
Rien qu'un poète pauvre, un obscur plébéien.

Pise.

6.

SONNET X.

Quoique mon rêve soit dissipé sans retour,
Des pensers orageux encore en moi bouillonnent :
Je suis jaloux de tout ; de ceux qui l'environnent,
Lui parlent librement, l'admirent chaque jour ;

De l'or qui de ses bras presse le beau contour,
Du ruban qui la ceint, des fleurs qui la couronnent,
Jaloux du brodequin où ses pieds s'emprisonnent...
Eh ! le serais-je, hélas ! si j'avais son amour ?

Si j'avais son amour, digne à jamais d'envie,
A tous ces vains hochets dont nous berce la vie,
J'arracherais une âme ivre de volupté.

Si j'avais son amour, plus de pleurs, de souffrances ;
Trouvant, pour l'adorer, de nouvelles puissances,
Je crois que je mourrais de ma félicité.

Pise.

SONNET XI.

D'un bras désespéré brisant le dernier fil,
Consommant jusqu'au bout mon affreux sacrifice,
Il fallait fuir; j'ai fui; j'ai changé de supplice;
Je n'espérais plus rien, mieux vaut pour moi l'exil.

C'était assez longtemps me jouer du péril;
Assez longtemps c'était me nourrir d'artifice;
Le devoir élevait sa voix improbatrice,
Et l'âge est arrivé d'un destin plus viril.

Et qu'osais-je vouloir? Est-ce à moi d'y prétendre?
Pour prix de cet amour que j'espérais surprendre,
Pauvre déshérité, que lui pouvais-je offrir?

Hélas! je ne pouvais jeter dans la balance
Que ce cœur mille fois trahi par l'espérance,
Et qui ne sait qu'aimer, le lui taire et souffrir.

Pistoie.

SONNET XII.

Avoir tant désiré pour ne rien obtenir !...
Ah ! si d'un jeu du sort je n'eusse été victime,
Peut-être, t'avouant un transport légitime,
T'eussé-je désarmée, au lieu de me bannir.

Et nous aurions ensemble affronté l'avenir ;
Mais le monde, entre nous creusant un vaste abîme,
A fait de mon amour une folie, un crime ;
Je n'ose implorer même un dernier souvenir.

Qu'un plus riche asservisse au joug de l'hyménée
Cette tête chérie à l'amour destinée ;
Qu'il s'impose à ton cœur, qu'il te dicte sa loi ;

Qu'il te possède enfin et qu'il s'en glorifie ;
Qu'il soit heureux par toi, toi par lui... Je défie
Un époux, un amant de t'aimer mieux que moi.

Florence.

SONNET XIII.

Je t'aime d'un amour à la fois humble et fier ;
Je t'aime d'un amour qui souffre sans se plaindre ;
Je t'aime d'un amour que rien ne peut éteindre,
Et qui sera demain ce qu'il était hier.

L'absence l'a rendu plus profond et plus cher :
On peut se taire et fuir, je l'ai fait ; on peut feindre ;
Mais, si loin dans le cœur l'oubli ne peut atteindre,
On arrache le trait, mais on garde le fer.

Ah ! dis-moi, sous les fleurs dont le monde te lie,
Dis-moi si quelquefois, pensive, recueillie,
Si, détournant les yeux de ta félicité,

Tu donnes une larme au banni volontaire,
Qui va, qui va toujours, seul à travers la terre,
Et qui rend dans l'exil un culte à ta beauté ?

Rome.

SONNET XIV.

Je songe à mes amis couchés dans les tombeaux.
Il en est un surtout, un dont partout l'image
Me poursuit; nous avions même pays, même âge;
Nos cœurs se répondaient ainsi que deux échos.

Que nos Alpes alors, que nos lacs étaient beaux!
L'avenir nous berçait de son divin mirage;
Mais tous deux à vingt ans nous avons fait naufrage;
Lui, du moins, dans la mort a trouvé le repos.

Dors en paix dans ta tombe, âme tendre et souffrante!
L'avenir tous les deux nous a trompés, mais moi
Je me survis, je suis plus à plaindre que toi.

Traînant de ville en ville une existence errante,
Cherchant en vain partout le calme intérieur,
Je l'implore et l'attends des mains du fossoyeur.

Rome.

SONNET XV.

Il est des jours de vide et de mélancolie
Où les sens et l'esprit sont éteints sans retour;
Où la gloire est néant, l'héroïsme folie;
Regret, désir, espoir, tout meurt, même l'amour.

Errant dans les forêts de ma chère Italie,
Du dégoût au dégoût je passe tour à tour;
Sous le poids de l'ennui, mon cœur dort, mon front plie;
Et je prends en horreur jusqu'à l'éclat du jour.

Le passé n'est plus rien, l'avenir moins encore.
Indifférent à tout, je ne hais ni n'adore;
J'oublie... et je maudis jusques à la beauté!

Alors qu'on en est là, que faire de la vie?
Si celle-ci, du moins, d'une autre était suivie...
O Dieu! fais-moi donc croire à l'immortalité!

Maremmes.

SONNET XVI

J'ai dévoré mes pleurs, mes vœux, je les ai tus.
Mais il est une langue à la terre inconnue,
Qu'on parle dans les cieux, qu'elle n'a jamais sue,
Que l'amour, tôt ou tard, enseigne à ses élus.

Je crus, en la parlant, être compris ; je crus
D'un rayon de soleil avoir percé la nue,
Comme l'artiste antique animé ma statue,
Et converti son cœur à mes dieux méconnus.

Je le crus, vain espoir ! Lorsque sa voix plus tendre
Semblait balbutier les mots mystérieux,
Ce n'était pas l'amour qui mouillait ses beaux yeux ;

Lorsqu'au fond de mon âme elle semblait descendre,
Quand la pourpre couvrait son front noble et serein,
Ce n'était pas l'amour qui soulevait son sein.

Calabre.

SONNET XVII.

O femmes ! vous n'avez qu'un dieu, la vanité.
Doux à la fois et dur, votre œil flatte et déchire ;
Votre cœur froid et vide à la conquête aspire,
Fier d'imposer un joug qu'il n'a jamais porté.

Vous savez à la grâce unir la fausseté ;
Vous pleurez sans douleur ; vous tuez d'un sourire ;
Vous jouez, par calcul, l'ivresse, le délire ;
Vous masquez sous la foi votre incrédulité.

Malheur à l'homme pur qui tombe dans vos piéges !
Malheur à qui s'attelle à vos chars sacriléges !
Il maudit, mais trop tard, ce qu'il avait béni.

Non, les femmes jamais n'aiment ceux qui les aiment.
Elles vont aux faux dieux, et puis elles blasphèment,
Insultant à l'amour après l'avoir banni.

Messine.

SONNET XVIII.

Lac pur, lac paternel dont le liquide acier
Étincelle au matin de voiles enflammées,
Et réfléchit des nuits les splendides armées,
O lac, où mon esquif volait comme un coursier!

Pâtres, dont j'ai rompu souvent le pain grossier!
Bois qui bercez dans l'air vos cimes parfumées!
Fleuve rapide et bleu! montagnes bien-aimées
Où la fraise de mai naît au bord du glacier!

Vals profonds! hauts sommets où le silence règne!
Cascade aérienne où le chamois se baigne,
Et s'abreuve, le soir, près de l'aigle endormi!

Et toi qui ne dois point sonner ma dernière heure,
Mon vieux clocher!... vous tous, que dans l'exil je pleure,
Vous souvient-il encor de votre jeune ami?

Messine.

SONNET XIX.

Dans la tombe plutôt que n'est-elle endormie!
Confondue avec Dieu dans un culte immortel,
Elle aurait dans mon cœur partagé son autel,
Et moi j'aurais au ciel une puissance amie.

De la pauvreté même affrontant l'infamie,
Que le sort eût été pour moi doux ou cruel,
Mon âme eût de la vie accepté le duel;
L'amour l'eût dans la foi pour jamais affermie.

Mais elle vit; un autre aura sa main, son cœur;
Il l'a déjà peut-être.... et cet heureux vainqueur,
Ce vainqueur abhorré se fait d'elle un trophée.

Ah! voilà mon supplice! ah! voilà mon tourment!
Plein d'une passion vainement étouffée,
Jaloux sans droits, je hais et j'aime éperdument.

Taormina.

SONNET XX.

Là, dans mon cœur gravé je porte un nom... faut-il
Le bénir? le maudire? Il faut plutôt le taire ;
Il faut l'ensevelir dans un profond mystère,
Comme un prêtre enfouit sa madone en péril.

C'est ma madone, à moi ; c'est mon culte en exil ;
C'est la source inconnue où je me désaltère ;
Au labyrinthe obscur qu'on appelle la terre,
Thésée aventureux, je n'ai pas d'autre fil.

Le jour, c'est mon soleil ; la nuit, c'est mon étoile.
Jamais rien ne l'éteint, jamais rien ne le voile ;
Et dans mon cœur il est ce qu'au temple est la croix ;

De quelques fleurs encor seul il sème ma route ;
Et quand s'éveille en moi le blasphème, le doute,
Comme un souffle d'en haut, il me dit : « Aime et crois ! »

Syracuse.

SONNET XXI.

L'hymne frais du matin monte au soleil levant ;
Comme au jour où de Dieu l'esprit le fit éclore,
La nature au réveil s'épanouit, se dore,
Et livre avec amour sa chevelure au vent.

L'aigle aux cieux, le dauphin dans son berceau mouvant,
Dans les bois, sur les monts, dans la cité sonore,
Jusqu'aux lieux inconnus que n'atteint pas l'aurore,
Tout s'éveille et renaît ; l'univers est vivant.

Je me réveille aussi, mais triste et solitaire ;
Mon œil en vain s'égare aux cieux et sur la terre ;
Pas un regard ami ne m'accueille au réveil ;

Je végète en exil sans racine et sans séve,
Plus seul que le palmier isolé sur la grève,
Qui loin du sol natal se balance au soleil.

Butera.

SONNET XXII.

Solitude éternelle, éternelle douleur !
Croyant dans la retraite anticiper la tombe,
Moi-même au désespoir, volontaire hécatombe,
Je me suis immolé ; malheur à moi ! malheur !

L'œil morne, éteint, le front tout chargé de pâleur,
Déjà vieux à vingt ans, à l'ennui je succombe,
Sous ma propre pensée, épuisé, je retombe,
Comme le réprouvé sous son rocher vengeur.

Oui, le vent du désert est un vent qui dessèche,
Qui bat la foi de l'homme incessamment en brèche,
Comme un bélier d'airain sape une frêle tour.

Mon âme, un jour croyante, un autre jour athée,
S'use en de vains combats, semblable à Prométhée
Livré sur la montagne aux serres du vautour.

Caltagirone.

SONNET XXIII.

Aigle tombé des monts où j'étais libre et roi,
Pliant l'aile, au soleil j'ai préféré ma cage;
Couvrant de fleurs mon joug, j'ai béni l'esclavage.
Austère liberté, pardonne et sauve-moi!

Nourri de ton lait pur, j'ai renié ta loi;
De tes mâles leçons abdiquant l'héritage,
Moi-même, entre les mains d'une femme, en otage
J'ai livré les trésors confiés à ma foi.

Je rougis de moi-même, alors que je me sonde.
Trop longtemps dans les fers c'est m'être enseveli;
Brisons-les et cherchons un vengeur dans l'oubli.

Oubli, puissant vainqueur des souvenirs du monde,
Viens sur tout ce passé jeter un voile épais,
Viens répandre en mon sein ta douceur et ta paix!

Alicata.

7

SONNET XXIV.

En vain à l'action le devoir me convie,
La conscience en vain me parle avec rigueur,
En vain elle m'ordonne un acte de vigueur,
A l'amour, malgré tout, mon âme est asservie.

Sa rage encor sur moi ne s'est point assouvie :
De la nuit et du jour je maudis la longueur,
Oisif, sans volonté, plongé dans la langueur,
Il ne me reste plus qu'à rougir de ma vie,

Madame ; et quand je songe aux froideurs, aux mépris,
Qui d'un amour si vrai furent l'indigne prix,
A vous dont en exil je traîne encore la chaîne,

Je sens, même aujourd'hui que tout est consommé,
Oui, dans ce cœur blessé je sens gronder la haine,
Si l'on pouvait haïr ce qu'on a tant aimé.

Catane.

SONNET XXV.

O toi, qui sur tes pas avec amour enlèves
Le captif à ses fers, l'infortune à ses pleurs!
Doux astre, qui, le soir, à l'horizon te lèves,
Et calmes l'océan des terrestres douleurs!

O mort! pareille au phare allumé sur les grèves,
Tu m'apparais, la nuit, non morne, sans couleurs,
Non telle que te voit l'épouvante en ses rêves,
Mais belle, mais riante, et le front ceint de fleurs.

Aux noces du sépulcre, ô mort! tu nous convies.
Fiancée éternelle, à toi nos cœurs, nos vies;
Car toi seule es fidèle et ne nous trahis pas.

Viens, comme l'ange ami qui délivra saint Pierre,
Viens donc, viens, reçois-moi dans ta couche de pierre;
Que, libre enfin, ô mort! je m'endorme en tes bras!

Santa-Maria-di-Nixemi.

ÉPILOGUE.

Oui, je la vois encore, elle est là, toujours là,
Telle qu'à mon amour le bal la révéla,
Ses grands yeux bleus brillants d'une flamme céleste,
Le front pur et rêveur, le maintien fier, modeste,
Jeune enfin sans orgueil, et belle avec pudeur,
Comme le lys des champs ignore sa splendeur.

Né parmi les bergers et sous un climat rude,
Nourri dans les rigueurs, l'isolement, l'étude,
Du haut de ma montagne à vingt ans descendu,
Je courais l'Italie, en pauvre enfant perdu.
J'étais seul, j'étais libre. En vain l'enchanteresse
De soleil, de parfums enivrait ma jeunesse;
J'avais, d'un rêve altier encor tout échauffé,
Du ciel italien jusqu'alors triomphé.
De l'histoire, de l'art cherchant les origines,
Je vivais au milieu des tableaux, des ruines;

Amant passionné des classiques vertus,

J'adorais à genoux la cendre des Brutus.

Épris des vieux Romains et du forum antique,

J'avais trempé mon âme aux leçons du portique;

La force était mon dieu. Fier de ma liberté,

Je gardais mon trésor avec austérité.

Par le monde opprimé, froissé par ses outrages,

Battu, mais non brisé, par le vent des orages,

Mon cœur cicatrisé, dans la lutte endurci,

Eût rougi, comme Ajax, de demander merci.

Semblable au jeune aiglon nourri dans les tempêtes,

Je dédaignais l'amour et le monde et les fêtes;

Plein d'un immense orgueil, superbe, audacieux,

J'aurais, nouveau Titan, escaladé les cieux.

Et si, parfois ému, pris de mélancolie,

Je me sentais faiblir, comme un roseau qui plie,

D'un double et triple airain marchant environné,

Je roidissais mon cœur... mais l'heure avait sonné.

Un soir, dans la cité qu'il faut chérir et taire,

Qui luit dans mon passé comme un astre polaire,

Un soir, portant au bal mes sublimes dédains,

J'entrai froid et railleur en ces temples mondains.

Une fée, épuisant les trésors de l'Asie,

N'eût pas de cette nuit vaincu la poésie ;

C'était une splendeur, un luxe oriental.

Jamais, jusques alors, sous l'âpre ciel natal,

Mon cœur n'avait rêvé ces merveilles du monde,

Et ces soleils nouveaux trompant la nuit profonde,

Et ces marbres, cet or, ces palais transparents,

De nocturnes clartés inondés par torrents.

L'âme aurait pu se croire au paradis du Dante.

En iris arrondis, tombant en pluie ardente,

Les diamants jetaient un feu rapide et clair,

De mille fronts charmants faisaient jaillir l'éclair ;

Et la flûte rieuse, au cor rêveur unie,

Emplissait tout cet air de joie et d'harmonie ;

Et les couples ailés sur les tapis volaient ;

A flots d'ébène et d'or leurs longs cheveux flottaient ;

Puis, lasses, l'œil éteint, sur les divans perfides,

Plus belles d'abandon retombaient les Sylphides.

Leurs pieds de lys chaussés d'un diaphane argent ;

Leurs voiles tissus d'air sur mon front voltigeant ;

Ces tailles de quinze ans dans le satin captives ;

Ces danses à la fois et nobles et lascives ;

Ces myrtes, ces jasmins consacrés par l'amour ;

Ces mains qui se fuyaient, se cherchaient tour à tour,

Tous ces rivaux luttant de silence et d'adresse ;

Ces mystères trahis ou surpris dans l'ivresse ;

Le doute des vainqueurs et l'espoir des martyrs ;

Et les regrets tardifs et les doux repentirs ;

Tous ces muets combats enfin, ces tendres luttes ;

Ces soupirs étouffés au son joyeux des flûtes ;

Ces sourires furtifs implorés, obtenus,

Et tous ces cous de cygne, et ces bras demi-nus,

Et ces seins en désordre, et ces yeux pleins de flammes,

Tous ces parfums de fleurs, de musique, de femmes,

Tout me faisait haïr ma triste liberté,

Et mon cœur amolli fondait de volupté.

Me livrant, comme Ulysse, aux cours des mers sereines,

Mon oreille s'ouvrait au doux chant des sirènes ;

Dans mon cœur, comme au sien, s'élevaient des combats,

Des murmures, des voix qui me disaient tout bas :

Qu'à vingt ans il est dur de n'avoir pour maîtresse

Qu'une nature, hélas! sans pitié, sans tendresse ;

D'être seul, toujours seul, comme l'écueil perdu

Dans l'océan sans borne à ses pieds étendu ;

Qu'il doit être bien doux d'avoir un cœur où vivre,

Un front où le regard se repose ou s'enivre ;

Qu'ébloui, qu'égaré par de fausses lueurs,

Je poursuivais une ombre et perdais mes sueurs;

Qu'à l'esprit, comme aux fleurs, il faut une rosée;

Que ma jeunesse en vain n'était pas trop usée;

Que l'amour, en un mot, et ses tendres langueurs,

Pourraient bien valoir mieux que toutes mes rigueurs.

Par la pensée alors jeté dans la carrière,

De tous ces pieds charmants je baisais la poussière;

Embrasé, fasciné, vaincu par tous les sens,

Je m'envolais au sein des groupes bondissants,

M'égarais éperdu dans ces gazes flottantes,

Étreignais en esprit ces femmes palpitantes,

Rêvant, dans mon délire et dans ma vaine ardeur,

Plus qu'il n'est ici-bas d'ivresse et de bonheur.

Un souffle dissipa mon ravissant poème,

Et, de ces hauts transports retombé sur moi-même,

Dans le bruyant désert je me retrouvai seul,

En moi-même enfermé comme dans un linceul.

Pauvre étranger perdu dans la brillante foule,

Semblable au pâtre assis près du torrent qui roule,

Je regardais, hélas! d'un œil sinistre et lent,

Passer et repasser le fleuve étincelant.

J'étais, comme Tantale, au bord des sources fraîches;
Mon front était brûlant, mes lèvres étaient sèches,
Et pas un œil de femme, un seul, en me voyant,
Ne versait sa rosée au pauvre suppliant.
Et cependant jamais plus ardente prière
N'avait jailli d'une âme et plus tendre et plus fière;
Jamais cœur plus brisé, jamais cœur plus aimant
N'eût porté dans l'amour plus de ravissement.
Vains transports! vœux perdus! L'âme en deuil, le cœur vide,
J'errais au sein du bal comme une ombre livide,
Le front baissé, l'œil morne, impassible, muet,
Étouffant de mon sein le feu qui me tuait.

Et je sentis alors dans mon âme attendrie
S'élever, calme et doux, un regret de patrie;
Peuplant de souvenirs ce désert périlleux,
De nouveaux horizons s'ouvrirent à mes yeux.
Je revis mes glaciers, mes montagnes chéries,
Mes chalets, les troupeaux errants dans les prairies,
Mes lacs bleus, les torrents de la nue élancés,
Et l'aigle et l'avalanche et les pins fracassés.
Et j'entendis au loin la cloche des vallées
Rouler dans les rochers ses mille voix mêlées

Au bruit des chutes d'eau, aux ranz mélodieux,

Monter de pic en pic et s'aller perdre aux cieux.

Rappelant tant de nuits sur les Alpes passées,

Tant de jours sur les lacs, ces longues Odyssées

Où, sur les hauts sommets, fier de graver mes pas,

Je dévorais l'espace et ne mesurais pas :

« Au montagnard, disais-je, ah ! rendez ses montagnes !

Que me fait l'Italie et ses molles compagnes ?

Ses coteaux veloutés et de pourpre et d'azur ?

Ses bois verts et son ciel éternellement pur ?

Que me font ses hivers sans neige, sans tourmentes ?

Ses volcans sillonnés de laves écumantes ?

Ses ruines, ses mers, ses temples, ses *villa ?*...

La patrie est absente, et tout mon cœur est là.

Là vivent sous des cieux moins sereins, mais plus mâles,

Des courages virils et des âmes loyales ;

Là, voué dès l'enfance au culte des aïeux,

Le peuple sacrifie à de plus nobles dieux.

Assez donc mendier le regard d'une femme.

Fils de la liberté, rallume en toi sa flamme.

Au milieu du combat lâchement abattu,

Garde-toi d'immoler à l'amour la vertu.

Debout, Renaud, debout! Fuis ce palais d'Armide!

Ceins ton cœur et tes reins, sèche ton œil humide,

Épargne à ta fierté l'opprobre du remords,

Et te va retremper à la tombe des forts! »

Je disais, et mon œil dans la brillante arène

Du bal à pas légers vit descendre la reine,

Si belle que jamais à tant de majesté

Ne s'unit tant de grâce et de simplicité,

Et que je croyais être à ces jours de mystère

Où les anges du ciel venaient charmer la terre.

Exhalant je ne sais quels suaves parfums,

D'épis d'or couronnés flottent ses cheveux bruns,

Et, chastement livrée aux transports de la danse,

Comme un jeune palmier son beau corps se balance.

Son regard, son sourire, innocemment ravis,

Respirent le plaisir, mais sans être asservis;

Car on sentait une âme au fond du sanctuaire,

Et de l'encens d'un monde incrédule et vulgaire,

Pleins d'un noble dégoût se détournaient ses yeux.

Il fallait à cet ange un culte plus pieux;

Divinité jalouse, il fallait pour lui plaire

Un cœur qui sût bénir, adorer et se taire.

Son écharpe ondoyante en passant m'effleura;

Son œil vague et distrait sur le mien s'égara...

Puissance du regard! éclair de la pensée!

Dès ce moment, brûlé d'une ardeur insensée,

Je ne me sentis plus dans la foule isolé.

Mon être tout entier sembla renouvelé.

Dans mes veines courut comme une flamme occulte.

Tel que Paul à Damas, j'avais trouvé mon culte,

J'avais trouvé la source où mon adversité

Se devait enivrer d'amour et de beauté.

Adieu, monts paternels! adieu, forêts natales!

O pâtres! ô troupeaux, ô scènes pastorales!

Adieu! Je ne vis plus l'avalanche bondir,

Ni l'aigle altier planer, ni les grands prés verdir,

Ni les glaciers dans l'air monter en colonnades.

Je ne vis plus ni lacs, ni chalets, ni cascades;

Et, suivant dans son vol mon ange aérien,

Mon œil épanoui ne regretta plus rien.

Comme d'une victoire, heureux de ma défaite,

Fier, à travers le bal, le front haut, l'âme en fête,

Je marchais en triomphe, et l'amour, Dieu vainqueur,

A son culte éternel initiait mon cœur.

C'est ainsi que me fut tout d'un coup révélée

Cette vertu des sens que rien n'a maculée.

L'électrique étincelle, avec l'amour, en moi

Alluma deux flambeaux, l'espérance et la foi;

M'inspira ces transports, ces langueurs, ces ivresses,

Ces dévoûments ardents, ces immenses tendresses,

Et ces ravissements et ces larmes de feu,

Muettes voluptés qui font d'un homme un dieu.

O nuit d'enivrement, de surprise, de lutte!

Nuit suprême où, semblable aux géants dans leur chute,

Après avoir d'orgueil, comme eux, longtemps vécu,

Frappé, mais par un dieu, je fus, comme eux, vaincu!

J'avais trop présumé de la faiblesse humaine.

Précipité du haut de ma vertu romaine,

J'ai vu sous un œil bleu mon âpre austérité

Fondre, comme la neige aux ardeurs de l'été.

Culte et foi des aïeux! vertus héréditaires!

Rêve altier! fiers desseins! liberté! voix austères!

Qu'êtes-vous donc?... Après un si hardi défi,

Pour triompher de vous un regard a suffi;

Un regard a courbé ce front jadis superbe,

Comme un pin foudroyé, qui gît brisé sous l'herbe;

Et, réduisant ce cœur indépendant, rétif,

Aux genoux d'une femme il m'a traîné captif.

Voilà, voilà l'amour! Qu'on le brave ou l'appelle,
Tôt ou tard son jour vient, et malheur au rebelle!
Être incomplet et vide, à l'erreur condamné,
Il marche dans la nuit, comme l'aveugle-né.
Amour, soleil de l'âme! amour, soleil du monde!
En science, en vertu ta lumière est féconde;
Et quoique de tes coups je sois encor meurtri,
Quoique d'un pain amer ta rigueur m'ait nourri,
Mon âme contre toi s'était en vain roidie,
Dans tes nobles combats elle s'est agrandie;
J'adore, je bénis tes divines clartés,
Et je ne rougis pas des fers que j'ai portés.

Paris, 1832.

FIN D'UN RÊVE.

LE MÉDAILLER.

Sonnet.

Là passent sous mes yeux le Coursier bondissant,
Aréthuse au cou grec, la Victoire au quadrige,
La Gorgone aux trois pieds, monstre enfant du vertige,
La Colombe d'Érix et l'Aigle au vol puissant;

Cérès et l'épi d'or, la Diane au croissant,
Le Lion du désert, la Palme à haute tige,
Tous ces mythes profonds pleins encor d'un prestige
Que le vieux monde envie au monde adolescent.

Mais, tandis qu'au hasard j'erre dans ces dédales,
De sa mante couverte, et glissant sur les dalles,
Dona Rafaella paraît, je perds le fil;

Plus d'Enna, plus d'Érix; pour eux l'art en vain plaide,
Sur son métal glacé la Vénus même est laide,
Mon œil sous le satin cherche un plus doux profil.

Raguse (Sicile), 1829.

LES VÊPRES SICILIENNES.

Sur son balcon assise,
    Loyse,
Son rosaire à la main,
Contemple les étoiles
    Sans voiles
Et songe au lendemain.

Car c'est demain sa fête;
    La tête
Lui tourne en y rêvant;
C'est demain qu'elle règne,
    Sans duègne,
Dès le soleil levant.

C'est demain qu'elle ordonne,
    Pardonne,

Comme un ange de paix ;
Comme un rayon qui perce,
            Disperse
Les nuages épais.

Demain sa tête blonde
            S'inonde
De perles, de rubis ;
Demain sa beauté rare
            Se pare
De ses plus beaux habits,

Et de la cape fine
            D'hermine,
A fond pourpre et changeant,
Et de la robe bleue
            A queue,
Et du corset d'argent.

Demain sa haquenée,
            Ornée
De fleurs et d'écussons,
La promène avec grâce

Et passe
Au milieu des chansons.

Et la jeune amazone
     Rayonne
Sur la selle en drap d'or ;
Et sa main douce et blanche
     Épanche
Son timide trésor.

Et puis viendront les joutes,
     Les voûtes
Brûlant jusqu'au matin ;
Et puis la danse ailée
     Mêlée
Aux chants gais du festin.

A l'espoir qui l'enflamme
     Son âme
Se livre avec transport,
Et du bonheur de vivre
     S'enivre
Sans crainte et sans remord.

Du temps sa pétulance
    Devance
Les inflexibles pas ;
Elle épie, elle implore
    L'aurore
Qui ne naîtra donc pas !

Tandis qu'elle s'oublie,
    Folie'
Qu'on pardonne à quinze ans,
Et que de la jeunesse
    L'ivresse
Émeut ses chastes sens,

Minuit sonne et l'enlève
    Au rêve
Qui fait battre son sein ;
Des mondaines chimères,
    Trop chères,
Fuit le brillant essaim.

Minuit, l'heure fatale !
    Le râle

Des morts a moins d'effroi
Que cette voix profonde
     Qui gronde
Au sommet du beffroi.

Adieu la fantaisie!
    Saisie,
Loyse a frissonné;
Elle est pâle, elle tremble;
    Il semble
Que son heure ait sonné.

Elle voue à la Vierge
    Un cierge
Pour calmer ses terreurs;
Puis elle s'agenouille
    Et mouille
Le crucifix de pleurs.

Un léger bruit la trouble....
    Redouble....
Dans les rideaux soyeux;
A son aide elle appelle....

Sur elle
Se fixent deux grands yeux.

C'est en vain qu'elle crie
        Et prie ;
C'était prier l'enfer.
Sur sa bouche de rose
        Se pose
Un gantelet de fer.

Des plis du rideau sombre,
        Dans l'ombre,
Sort un grand homme noir
Qui lui dit à l'oreille :
        « Je veille,
» Mais tout dort au manoir. »

Du manteau qui le drape
        S'échappe
Un poignard anguleux ;
Et sa toque écarlate
        Éclate
Sur son front nébuleux.

En désordre surprise,

Loyse

Voit son sein demi-nu !

Le rouge au front lui monte

De honte,

Sous l'œil de l'inconnu.

Sans pudeur, le profane

La fane

De ses regards brûlants ;

Puis, rengaînant son glaive,

L'enlève

Dans ses bras insolents.

Il descend avec elle

L'échelle

Qui flotte à plis mouvants ;

Et longtemps dans l'espace

L'embrasse,

Balancé par les vents.

Son coursier de Calabre

Se cabre

Sous le double fardeau ;
Il fait voler la poudre ;
    La foudre
Sort de son noir naseau.

Dans ses flancs, pour réponse,
    S'enfonce
L'éperon teint de sang ;
Secouant sa crinière
    Altière,
Il part en bondissant.

Il fend à perdre haleine
    La plaine ;
Il fuit comme l'oiseau
Qui du chasseur méprise
    Et brise
Le perfide réseau.

Il franchit tout, barrières,
    Rivières ;
Sur ses pas siffle l'air ;
Le sentier, blanc d'écume,

S'allume ;
Son pied lance l'éclair.

Des célestes phalanges
        Des anges
Implorant un sauveur,
La captive interdite
        Palpite
Aux bras du ravisseur.

Mais d'une aile plus forte
        L'emporte
Le barbe aux pieds nerveux ;
Sa poitrine se brise,
        La brise
Fouette ses longs cheveux.

Elle n'a que ses larmes
        Pour armes ;
Et l'Angevin maudit,
Riànt de sa détresse,
        La presse
Dans ses bras et lui dit :

« L'aigle a près du tonnerre
    » Son aire,
» Ainsi j'ai mon château ;
» Puissante forteresse,
    » Il dresse
» Sa tête sur Noto. »

Et l'on vit les tourelles
    Jumelles
Du donjon monstrueux
Dessiner dans le vide
    Limpide
Ses créneaux ténébreux.

« De là, reprend l'impie,
    » J'épie
» Les beautés d'alentour :
» De là, mes sentinelles
    » Sur elles
» Ont les yeux nuit et jour.

» Il n'est cloître, bastille,
    » Où brille

» Quelque chaste trésor,

» Que mon œil ne découvre,

　　» Que n'ouvre

» Ma clef, de fer ou d'or.

» Vassale ou grande dame

　　» M'enflamme,

» Et, du chaume au palais,

» Qu'elle soit blonde ou brune,

　　» Aucune

» N'échappe à mes filets.

» Ainsi, perdrix, colombe,

　　» Tout tombe

» Dans les piéges muets ;

» Ainsi le vent d'automne

　　» Moissonne

» Roses, lis et bluets.

» Si quelqu'une s'effeuille,

　　» J'en cueille

» Que je forme à l'amour ;

» Hier c'était Rosemonde

» La blonde,

» Aujourd'hui c'est ton tour.

» J'en ai vu sur la brune

» Plus d'une

» Ainsi que toi gémir,

» Ainsi que toi rebelle,

» Ma belle,

» Entre mes bras frémir.

» Mais une ivresse intime

» Ranime

» Leurs lèvres de corail,

» Bien avant que l'aurore

» Ne dore

» Les tours de mon sérail.

» Car sur mes lits de plume

» S'allume

» Le doux feu du désir,

» Et l'amour de son urne

» Nocturne

» Verse à flots le plaisir.

» C'est lui qui te convie :

    » Ta vie

» Sera belle en nos murs ;

» Il faut cueillir la rose

    » Éclose

» Et faucher les blés mûrs. »

Soudain, dressant la tête,

    S'arrête

Le coursier haletant :

Battant du pied la terre,

    Il erre

Sous le fort qui l'attend.

Un feu brille, on approche ;

    La cloche

Jette un signal furtif,

Et, sur ses gonds qu'il presse,

    S'abaisse

Le pont-levis massif.

Au bruit des chaînes lourdes

    Et sourdes,

A ces signaux d'horreur,
La captive épuisée,
    Brisée,
Pousse un cri de terreur.

« Meure Anjou ! Meure ! Meure !
    « C'est l'heure ! »
Répondit une voix ;
Les gardes qui s'assemblent
    En tremblent
Jusque sous leurs pavois.

L'Angevin sur sa selle
    Chancelle
A ce terrible cri ;
Mais de la jeune fille
    L'œil brille,
Le cœur s'est aguerri.

Car, au pied du repaire,
    Son père,
Julien le montagnard,
A surgi comme une ombre

Dans l'ombre,
Armé d'un long poignard.

Il vient seul, mais qu'importe?
Il porte
Une armée en son cœur.
Il vient bride abattue
Et tue
L'impudique oppresseur.

Armés de hallebardes,
Les gardes
L'attaquent à grand bruit;
Mais sa vaillante lame
Entame
Leur front qui plie et fuit.

Le peuple au cri du glaive
Se lève;
Car, tout peuple qu'il est,
En son sein, comme une onde
Qui gronde,
La vengeance veillait.

Sur ses pas l'airain sonne,
　　L'air tonne,
Mille flambeaux ont lui ;
A l'escalade il monte,
　　Et prompte,
La mort monte avec lui.

O justice ! ô carnage !
　　On nage
Dans le sang angevin ;
Par cascades il coule
　　Et roule
De ravin en ravin.

La citadelle infâme
　　S'enflamme
Comme un Etna nouveau ;
Et, torche funéraire,
　　Éclaire
Les Vêpres de Noto.

Noto, 1829.

ÉPITAPHE MAURE

TROUVÉE EN SICILE.

Ci gît qui fut esclave, émir et puis calife ;
    Qui sur terre et sur mer
Battit Rome, et fit boire à son altier Pontife
    Plus d'un breuvage amer ;
Qui déploya d'Allah l'étendard sur maint faîte,
    Où seuls flottaient les tiens,
O Christ ! et circoncit, en un seul jour de fête,
    Vingt mille enfants chrétiens.

J'ai, du sultan d'Afrique antique feudataire,
    Aux pieds foulé ses lois,
Vaincu Pise, Amalphi ; pris Cumes et fait taire
    Jusques au coq gaulois.
J'ai frappé d'un tribut et Tarente et Capoue ;
    Vingt ans j'eus pour ami
Abderame-le-Grand, calife de Cordoue ;
    Phocas pour ennemi.

« Au calife Abdalah l'empereur de Byzance ! —
        » (M'écrivit-il) — Je viens
» Convertir en haras tes maisons de plaisance,
        Livrer ton corps aux chiens,
» Ton trésor à mon peuple, à mes soldats tes femmes ;
        » Planter le labarum
» Sur ton sérail, et faire en tes temples infâmes
        » Chanter le *Te Deum.* »

Il dit et vint... Dès lors, l'impératrice est veuve,
        Son fils est orphelin ;
Plaine et monts du sang grec se rougirent ; maint fleuve
        De cadavres fut plein.
Trois longues nuits durant, ta flotte, ô Nicéphore !
        Éclaira l'horizon,
Et dix ans dans les fers les soldats du Bosphore
        Ont tenu garnison.

Mes flottes naviguaient du Sund à Trébizonde,
        Et, dans mes vastes ports,
Du Levant, du Couchant, chaque cité du monde
        Épanchait ses trésors :

Le Midi ses parfums et le Nord ses grands arbres ;
     L'Inde son or, son riz ;
La Perse ses tapis ; Thor ses perles, ses marbres,
     Et Tiflis ses houris.

J'ai possédé Palerme et ses trois cents mosquées ;
     Malte aux hardis rochers ;
Syracuse, Alcamo de leurs bastions flanquées ;
     Butère et ses archers ;
Caltagirone assise au penchant des ravines ;
     Drépane et son corail ;
Agrigente et l'Érix dont les vierges divines
     Emplissaient mon sérail.

Alicata, Raguse avec ses troupeaux fauves,
     Catane et ses balcons,
La vaste Madonie aux pieds ardus et chauves,
     Assiégés des faucons ;
Taormina, Messine et son port en faucille ;
     La valeureuse Enna ;
Ségeste dont le temple ainsi qu'un phare brille..
     J'ai possédé l'Etna.

J'avais dans mon harem deux mille concubines,
  Autant d'eunuques noirs;
J'avais des bains de jaspe ornés de cornalines,
  Tapissés de miroirs.
Dans mes haras, peuplés de coursiers d'Arabie,
  J'entrais avec orgueil,
Et mes gardes-du-corps, enfants de la Nubie,
  Frappaient sur un coup d'œil.

Mon trésor était plein, mes meutes sans rivales.
  Sous l'agile aviron,
Mes galères volaient, ainsi que des cavales,
  Sous l'ardent éperon.
De mon peuple adoré, jamais nulle défaite
  Ne ternit mon soleil,
Et l'Iman du saint nom d'envoyé du Prophète
  Saluait mon réveil.

Moi donc qui dors ici, j'eus tous les biens qu'envie
  L'aveugle humanité,
Et j'ai dit : Allah seul est grand! et dans la vie
  Tout n'est que vanité;

Car, hélas! en mourant, j'ai compté mes journées,
    Comme le moissonneur,
Et je n'ai pas trouvé, durant cinquante années,
    Un seul jour de bonheur.

Messine, 1829.

UNE NUIT EN VOYAGE.

Dans l'espace sans borne,
Tout est désert, tout morne,
Pas un astre ne luit ;
Ce matin si paisible,
La mer gronde invisible
Dans la profonde nuit ;
La rive immense est noire,
Et sur le promontoire
Nul feu ne me conduit.

Sur ces dunes funèbres,
Perdu dans les ténèbres,
Je sonde en vain les airs ;
Pas une humble cabane ;
Et l'âpre tramontane
Bat ses obscurs déserts,
Me fouettant au visage
Le sable de la plage
Et l'écume des mers.

L'air est froid, l'ombre épaisse,
Le sable mou s'affaisse
Sous mon pied triste et las,
Et la vague plus haute,
Assourdissant la côte
De ses bruyants éclats,
Inonde au loin la grève
Où je chemine et rêve;
Car seul que faire, hélas!

Je rêve à mon Salève
Dont le front nu s'élève,
Crevassé par les eaux;
A mon lac, où se verse
Maint torrent, et qui berce
Le grèbe en ses roseaux;
Où vingt cités se baignent,
Et que les Alpes ceignent
De leurs vastes réseaux.

Je rêve à la nacelle
Dont la voile étincelle

Sur l'onde au sein mouvant;
Aux pics blancs dont la cime,
Comme un phare sublime,
Brille au soleil levant;
A l'aigle qui s'élance,
Puis plane et se balance
Sur les ailes du vent.

Je rêve à mon beau fleuve;
A la source où s'abreuve
Le chasseur de chamois;
A l'avalanche ailée
Qui remplit la vallée
De sa terrible voix;
A l'iris des cascades;
Aux vastes colonnades
Des glaciers et des bois.

Je rêve au cor sauvage
Qui sur le pâturage
Rassemble les troupeaux;
Aux chalets où le pâtre,

Le soir, au coin de l'âtre,
S'assied libre et dispos ;
A l'église champêtre,
Où la voix du vieux prêtre
Prêche amour et repos.

Je rêve au frais village
Où passa mon jeune âge ;
Je rêve au vieux tilleul,
Où peut-être à cette heure
Ma mère veille et pleure
Son fils errant et seul,
Ce fils qu'elle rappelle,
Et qu'elle croit loin d'elle
Couché dans le linceul.

Ah ! puisque la patrie
Pour mon âme attendrie
A de si doux regrets ;
Qu'elle a tant de merveilles,
Et des neiges vermeilles,
Des lacs et des forêts,

Pourquoi la fuir sans cesse,
Et braver la rudesse
Des déserts calabrais?

Tantôt sur les collines,
Tantôt sur les marines
Pourquoi graver mes pas?
Ma jeunesse s'épuise;
La fatigue me brise,
C'est l'heure du repas;
C'est l'heure où la famille
S'assemble au feu qui brille;
Pourquoi n'y suis-je pas?

Au vaisseau sans pilote
Qui sur les vagues flotte,
Demandez : Où vas-tu?
Il va comme va l'onde;
Il va de monde en monde
Par l'ouragan battu;
Tant que la mer déborde
Il vole, et, s'il aborde,
C'est que le vent s'est tu.

Que le vent donc se taise,

Que l'océan s'apaise,

Et je m'arrêterai;

Que le ciel se découvre,

Qu'un port à mes yeux s'ouvre,

Et je le bénirai.

Je demande à la terre

Un chaume solitaire

Près d'un lac azuré.

Calabre, 1829

A AMÉLIE.

Sonnet.

Toi dont l'œil réfléchit l'éblouissant azur
Du ciel napolitain, et sous le mien s'abaisse,
Dont le front est voilé d'une ombre de tristesse,
O toi, dont le sourire est si frais et si pur!

Qui t'efforces en vain de rendre égal et sûr
Un pas malgré toi plein de langueur, de mollesse,
Trésors de voluptés, mystères de tendresse,
Que ta pudeur dérobe aux plis d'un voile obscur!

En te voyant passer ma paupière se mouille,
Mon âme se recueille, adore et s'agenouille,
Comme aux pieds d'un autel, aux pieds de ta beauté.

Oh! d'un feu mal éteint ne troublez pas la cendre;
Plus d'amour, car l'amour s'effraierait de descendre
Dans l'abîme sans fond où Dieu m'a rejeté.

Naples, 1830.

A LA MÊME.

Sonnet.

Comment as-tu pu croire à ce sourire amer
Où des monts paternels la rudesse est empreinte?
C'est froideur affectée, indifférence feinte;
Mon faible cœur se fond sous ce masque de fer.

L'étoile est dans la nuit; dans la nue est l'éclair;
Au fond du temple obscur brille la lampe sainte;
Sous les neiges d'Etna la lave est-elle éteinte?
N'est-ce pas du rocher que jaillit le flot clair?

Un œil noir, un sein blanc, une taille élancée,
Un front où de l'amour rayonne la pensée;
Un cou grec inondé de flots d'ébène ou d'or;

Une lèvre où l'ardeur à la langueur s'allie;
Une main douce et tendre où la mienne s'oublie;
Tel fut toujours mon rêve, et c'est mon rêve encor.

Naples, 1830.

LE PÈLERIN.

SONNET.

A M. DE CHATEAUBRIANT.

Le sauvage le vit sans patrie, isolé,
Au bruit des Niagaras rêver dans les savanes;
Ravi par la victoire à la paix des cabanes,
Sous le ciel paternel il revint consolé.

Rome l'accueille en fête... Un sang cher a coulé...
Il va cacher son deuil aux lieux où les platanes,
Sur la tombe des dieux, endorment les sultanes;
Le Calvaire essuya les pleurs de l'exilé.

Il erra triste et seul aux bords où fut Carthage;
Passa de l'Alhambra sur les rives du Tage;
Puis revint à ses rois parler de liberté.

Et voici maintenant, sa voix grave et profonde,
Sur le trône écroulé s'élève, et jette au monde
Un cri de délivrance et de fidélité.

Paris, 1830.

LE PREMIER JANVIER

(1831)

A VICTOR HUGO.

> . . . . . Poeta, volentieri
> Parlerei.
>
> Dante.

Oh! que ce jour est long parmi la multitude!
Qu'on y trouve bientôt et vide et lassitude!
Étourdi par le bruit, par la foule emporté,
J'allais de rue en rue errant par la cité.
La joie universelle aux cœurs souffrants insulte,
J'étais plus triste encore au milieu du tumulte;
Dans ce Paris désert de la veille arrivé,
Songeant au lendemain qui m'était réservé :
Seul, pensais-je, en ce jour de vœux et de famille,
Je ne vois pas un œil qui pour moi pleure ou brille.
Le vieillard au passé rêve en voyant l'enfant
Dans l'immense avenir s'élancer triomphant;

Je ne partage point, dans mon indifférence,
Les regrets du vieillard, les bonheurs de l'enfance;
Car il n'est pas un jour que rappellent mes vœux,
Et je crains plus encor l'avenir ténébreux.

Fuyant dans Notre-Dame un monde qui me pèse,
J'escalade les tours pour respirer à l'aise,
Et là, seul, sur la pierre en silence appuyé,
Je contemple l'espace à mes yeux déployé.
Un voile vaporeux, comme une gaze blanche,
Flotte sur le soleil, qui vers l'occident penche,
Et dont le disque mat, teint d'un rouge de sang,
Est fixé sur Paris comme un œil menaçant.
Semblable aux lieux frappés de mort et d'anathème
Que le Dante a décrits dans son vaste poëme,
La grande Babylone offrait alors aux yeux
Je ne sais quoi de sombre et de mystérieux.

Les temples sont muets sous leurs clochers grisâtres;
La Seine lentement roule ses flots jaunâtres,
Enlaçant de ses bras livides, inégaux,
Les îles, leurs quais noirs, et ces palais royaux
Dont le sang des trois jours rougit encor les marches;
Les ponts de loin en loin dressent leurs grandes arches;

Les mille voix du peuple, orageuses clameurs,
Montent à mon oreille en confuses rumeurs;
Le drapeau qui des rois détrôna l'oriflamme,
Fils de la République, ombrage Notre-Dame,
Et, planant sur ma tête, un oiseau, seul au ciel,
Fend les airs et s'enfuit vers le nid paternel;
Aux vains bruits de la terre il mêle un cri sublime,
Voix céleste, jetée aux échos de l'abîme.

Tel était le spectacle étalé devant moi,
Mais ma pensée était à l'avenir, à toi.
Je voyais ton sonneur, figure fantastique,
Passer et repasser sous l'ogive gothique,
Le long des lourds arceaux tendre ses petits bras,
Et se hisser aux tours comme le mousse aux mâts.

O toi, dont jeune encor la renommée est grande!
Dont la muse virile à son gré nous commande
Et trouve dans chaque âme un écho qui répond!
Ton génie est un fleuve, un Nil large et profond;
S'il déborde, il féconde, et, fier, il se promène
Dans les champs infinis de la pensée humaine.
A qui Dieu sur ce globe, où tant de maux sont nés,
Prodigua-t-il jamais des jours plus fortunés?

Ta place est par ton siècle imposée à l'histoire,

Et le bonheur, plus rare et plus doux que la gloire,

Comme un fidèle ami, s'assied à ton foyer.

Si ton front sous l'orage eut jadis à ployer,

Depuis longtemps au port ta barque est amarrée;

Chaque jour sur le bord l'orageuse marée

Jette quelque débris des orages lointains,

Mais ta baie est tranquille et tes cieux sont sereins.

Une femme, des fils enchantent ta veillée;

Par aucun ami faux ta maison n'est souillée;

Le travail a pour toi d'austères voluptés.

Et comment portes-tu tant de félicités?

Dieu fait une âme à part à l'élu qu'il désigne;

Des biens qu'il lui confie il le rend toujours digne;

Puissant, il tend au faible un bras pour le couvrir;

Heureux, il sait pleurer; opulent, secourir;

Du monde sur son cœur glisse la vile empreinte;

Il brave les méchants sans colère et sans crainte,

Et l'infortuné même, oubliant sa douleur,

Sans envie et sans fiel assiste à son bonheur.

Moi-même à ton foyer, où l'amitié m'accueille,

J'aime à venir le soir, car mon cœur s'y recueille;

10

Le calme, l'espoir même en mon âme descend,
Et j'oublie à ta voix l'avenir menaçant.
L'avenir... il est là cependant comme une ombre,
Il dresse à l'horizon sa tête pâle et sombre;
Traînant dans la poussière une robe de deuil,
Il me montre du doigt un ténébreux cercueil,
Et, creusant de mes jours l'ornière irrévocable,
Comme s'il se plaisait aux maux dont il m'accable,
Répand sur mes sentiers, de ruines jonchés,
Et des fleurs sans parfums et des fruits desséchés.
Dans le désert stérile où son bras fort m'entraîne,
Il n'est point d'oasis, point de fraîche fontaine.
Ah! quelque jour peut-être, avec sincérité,
Te conterai-je, ami, vingt ans d'adversité,
Et, d'un masque emprunté dépouillant mon langage,
T'ouvrirai-je ce cœur où le passé surnage.

Adversité! ton aile ombragea mon berceau;
Tu me frappas enfant de ton terrible sceau,
Et ta main façonna mon âme adolescente!
L'école du malheur est rude, mais puissante :
L'homme heureux qui jamais n'a souffert, que sait-il?
Du labyrinthe humain il ne tient pas le fil,

Tout germe en lui s'éteint avant même d'éclore.

De science et de paix majestueuse aurore,
Sévère adversité, pâle fille des cieux,
Tu chassas de mon front rêveur et soucieux
Le rire extravagant, les gaîtés insensées;
Tu me formas dans l'ombre à tes mâles pensées,
Et ce cœur, né si jeune à la virilité,
Te salue et rend grâce à ta fidélité;
Car ton bras fraternel m'appuya dans la vie,
Interdit mon foyer aux flatteurs, à l'envie,
Ma couche solitaire aux vénales amours,
Et ma table frugale à l'ami des beaux jours.

Mais sous un horizon mélancolique et sombre,
Comme un navire en mer, qui s'enflamme et qui sombre,
Le soleil, roi déchu, s'enfonce et disparaît,
Laissant à la nature un immense regret.
Du Panthéon voisin la coupole hardie,
Seule encor du couchant réfléchit l'incendie;
Puis bientôt tout s'éteint, et la grande cité
Plonge dans le silence et dans l'obscurité.
Dans l'escalier des tours, ténébreuse spirale,
Je ne sais quelle voix plaintive, sépulcrale,

S'élève jusqu'à moi, comme un soupir de deuil
Échappé dans la nuit aux ombres du cercueil;
C'est le prêtre à genoux sur les tombes de pierre;
L'orgue saint prête une aile à son humble prière.
Heureux qui prie! heureux qui garda purs en soi
Ces deux rayons d'en haut, l'espérance et la foi!

Paris.

LES GRANDS HOMMES.

Sonnet.

Autrefois devant vous, grands hommes, je passais,
Comme un croyant, saisi d'une terreur occulte,
Passe devant l'autel ; aujourd'hui plus de culte ;
Car je vous ai trop vus et par cœur je vous sais ;

Car le vrai vous indigne, et tous, nouveaux Xercès,
Vous voulez enchaîner le flot qui vous insulte ;
Car il vous faut à tous et bruit et vain tumulte,
Et votre âme ici-bas n'a qu'un dieu, le succès.

Vous êtes tous pareils à la statue antique,
Qui chantait à l'aurore et se taisait le soir ;
L'harmonieux soleil, pour vous, c'est l'encensoir.

Mais, tandis qu'à la voix du marbre prophétique,
Tout un peuple aveuglé tombe et tremble à ses pieds,
Moi, je vois l'imposteur caché sous les trépieds.

Paris, 1831

LA LUTTE.

ODE.

Donnez, oh! donnez-moi les ailes
De la colombe du Carmel!
Donnez, qu'aux cimes paternelles
J'aille gémir sur Israël!
Du vrai Dieu l'arche est exilée;
Lévites, famille isolée,
Suivons l'arche sainte en exil;
Le désert, fécond en miracles,
Jadis cacha les tabernacles
Aux profanes enfants du Nil.

"La mer est grosse, les vents grondent,
L'orage éteint les astres d'or,
Des lueurs ternes se confondent,
La vague monte, monte encor.
La nef humaine est sans pilote,
Dans les ténèbres elle flotte,

Aux cris confus des matelots,
Sans qu'une voix calme et puissante
A la carène bondissante
Impose la route des flots.

Où va-t-elle? Où la mer l'entraîne,
Où la tempête la conduit :
A travers l'écumante arène,
Tout est mystère, tout est nuit;
Et les passagers, sur la poupe,
Des festins se passent la coupe,
De fleurs couronnent la beauté,
Quand les cieux, les mers, tout présage
Un nouvel et sanglant naufrage
A la plaintive humanité.

Au faîte des cités souffrantes
Flotte le pavillon de deuil [1],
En vain les meutes dévorantes
Des toits royaux gardent le seuil;
La patience populaire
Se lasse enfin, et la colère

[1] Lyon.

Au sang appelle un jour des pleurs;
Idole qu'on flatte et méprise,
La multitude pulvérise
Et ses tyrans et ses flatteurs.

Et vous, gardiens du tabernacle,
Vous, rois, contempteurs du vrai Dieu,
Vous qui d'Endor suivez l'oracle,
Aux lueurs des trônes en feu!
Vous, fils déchus des hautes cimes,
Qui vous drapez sur les abîmes,
Qui dans le sang roulez vos chars!
Demandez donc à vos prophètes
Comment se terminent les fêtes
A la table des Balthazars?

Lassé du culte des ancêtres,
Le monde aspire aux dieux nouveaux,
Et les sophismes des faux prêtres
Des dieux amis font des rivaux;
La Force a dit à la Justice :
« Mesurons-nous! » et dans la lice
Peuples et rois sont descendus;
Peuples et rois sont en présence,

Les cieux, la terre font silence,
Et les destins sont suspendus.

Le volcan bouillonné, la lave
Déborde le cratère ardent;
De l'abîme longtemps esclave,
La flamme jaillit en grondant.
Voici, la lutte est engagée :
L'humanité, mère outragée,
Veut du bonheur pour tous ses fils;
Tel Israël en esclavage
Vint réclamer son héritage
Au pied du trône de Memphis.

Jours d'espérance! jours d'alarmes!
Quel nouveau pâtre de Jéthro
Conduira les tribus en larmes
A la conquête de Silo?
Quelles colonnes lumineuses
Aux solitudes ténébreuses
Resplendiront devant leurs pas;
Le peuple en fuite est sur la rive,
Pharaon le suit, il arrive....
Et l'océan ne s'ouvre pas!

C'est que la discorde au camp veille,
Que le passé n'a rien appris ;
C'est que l'idole de la veille
Du lendemain est le mépris ;
C'est que les âmes sont vénales,
C'est qu'il n'est plus de vertus mâles,
C'est qu'on insulte au sang d'Abel,
Comme en ces luttes insensées,
Où Dieu confondit les pensées
Des fils superbes de Babel.

Dans ce chaos de voix sans nombre,
Des cités orageux concert,
La vérité gémit dans l'ombre,
Comme l'apôtre en son désert ;
Timide et fière, elle s'exile,
Livrant un monde sans asile
Aux vaines pompes de l'erreur,
Jusqu'au jour où Vasthi confuse
Verra sur le trône de Suze
Monter la vierge du Seigneur.

A la prière du prophète
S'alluma le front du Sina ;

Mêlée aux voix de la tempête,

La voix du Dieu vivant tonna ;

Les clairons des cieux retentirent,

Les solitudes répondirent,

Comme la mer répond au vent ;

Et, du désert baisant la poudre,

Le peuple éperdu dans la foudre

Reçut la loi du Dieu vivant.

Et nous aussi, Dieu des batailles !

Prosternés aux pieds des saints monts,

Au sombre éclat des funérailles

En soupirs nous nous consumons.

Des nations entends la plainte,

Rallume la montagne éteinte,

Comme un phare de vérité ;

Parmi les feux et le tonnerre,

Révèle aux peuples de la terre

Le pacte de l'égalité.

Du monde c'est la loi nouvelle,

Le prix des maux par lui soufferts ;

Le siècle ardent marche et nivelle,

Broyant les trônes et les fers.

Dieu! nous prions depuis l'aurore,
Voici la nuit et rien encore
A nos larmes n'a répondu;
Et cependant, glaçant nos âmes,
Un cri de deuil du sein des flammes
Sur nos villes s'est répandu [1].

Au front embrasé des montagnes
Rayonnent les signaux flottants;
Le tocsin sonne, les campagnes
Étincellent de combattants;
Cessez, ô rois, cessez la lutte;
En vain conspirez-vous la chute
De l'immortelle liberté?
Et vous toutes, tribus humaines,
Immolez, immolez vos haines
A la sainte fraternité.

L'heure encore n'est pas sonnée,
Les faux dieux seuls ont des autels,
Leur face blème et décharnée
Usurpe l'encens des mortels.

---

[1] Varsovie.

La fibre céleste est brisée ;
Les prophètes sont la risée
Des docteurs de Jérusalem,
Et le siècle aride et sonore
A Golgotha clouerait encore
Le fils sacré de Bethléhem.

Mais de la croix de délivrance
Nos ancêtres ont vu surgir,
Après des siècles de souffrance,
La loi qui vint les affranchir ;
Ainsi nous, d'un nouveau calvaire,
Nous verrons naître la grande ère,
L'ère promise aux opprimés,
Où l'humanité rajeunie
Dans une divine harmonie
Unira ses fils bien-aimés.

Paris, mars 1831.

NAPOLÉON.

Sonnet.

Stat magni nominis umbra.
Lucain.

Dieu, dans sa main puissante, avait mis deux niveaux :
Le fer de Charlemagne et l'anneau de Grégoire ;
Pape et César, des rois il tint quinze ans la foire,
Et des bandeaux anciens ceignit des fronts nouveaux.

Il brisa le passé sous les pieds des chevaux,
Retrempa le vieux monde aux vertus du prétoire ;
Puis, quand son heure vint, victime expiatoire,
Il tomba, comme Hercule, au bout de ses travaux.

Mais son œuvre était faite, et, si son trône est vide,
Les peuples et les rois fixent un œil avide
Sur l'ombre formidable et sombre du géant.

Empereur plébéien, au peuple il a fait croire,
Il l'assit triomphant sur son char de victoire,
Et le peuple, après lui, rentra dans le néant.

Paris, 1831.

A MADAME LA PRINCESSE *****.

Je revois sous vos traits cette noble Italie,
Madame, ou du malheur la majesté s'allie
    A la splendeur des cieux ;
Tout son charme est en vous, en vous elle respire,
Elle est dans votre voix et dans votre sourire,
    Elle vit dans vos yeux.

J'aimais votre Italie avant de la connaître ;
L'amour que son nom seul avait en moi fait naître
    Dure et grandit encor ;
A mes yeux maintenant elle apparaît sans cesse,
Avec son œil ardent, sa grâce, sa mollesse,
    Ses mers d'azur et d'or.

Je vois étinceler aux clartés matinales
Ses splendides cités, ses vieilles cathédrales,
    Ses tours de Gibelins ;
Puis vient le soir qui teint de pourpre ses collines,

Et l'astre frais des nuits qui blanchit ses ruines
Et ses champs orphelins.

Dans mes songes, je vois Venise et ses gondoles,
Florence, déployant sa forêt de coupoles,
Et la Ville au grand nom ;
Gêne et son mezzaro ; Naple et sa tarentelle ;
Le pêcheur calabrais amarrant sa nacelle
Au temple de Junon.

J'admire à la Scala les beautés milanaises ;
J'erre de Syracuse aux villas catanaises ;
J'affronte encor l'Etna ;
Je vois du mont Erix voltiger la colombe,
Et le couple amoureux s'enfuir, quand la nuit tombe,
Dans les grottes d'Enna.

Mais en vain de Venise aux orangers du Phare,
Ce soleil du Midi, convoité du barbare,
A la terre sourit ;
La terre par ses pleurs répond à son sourire,
Et le meurtre, l'effroi, la vengeance respire,
Où le myrte fleurit.

Pourquoi ces vins exquis dont l'étranger s'enivre ?
Pourquoi ces moissons d'or que la nature livre
    A sa rapacité,
Tandis que mercenaire aux champs de ses ancêtres,
L'Italien gémit sous la verge des maîtres
    Repus de volupté ?

O vous que l'Italie invitait à ses fêtes,
La beauté, la jeunesse à de tendres conquêtes,
    Au toit de vos aïeux,
Vous avez dédaigné de faciles victoires,
Et d'un grand nom lombard ressuscité les gloires,
    En servant les vrais dieux !

Quand le monde à vos pieds déposait ses offrandes,
Votre front rougissait sous l'or, sous les guirlandes,
    D'un culte sans péril.
Un cœur noble se plaît aux nobles sacrifices,
Et vous avez brisé la coupe des délices,
    Pour le pain de l'exil.

De l'Italie en pleurs partageant les alarmes,
Vous ranimez ses fils en prêtant à leurs armes

L'appui de la beauté ;
En souffrant avec vous l'exilé se console,
Et son amour confond dans une même idole
Vous et la liberté.

Que parlé-je d'amour, quand l'aigle impériale
Sur l'Italie étend son aile glaciale,
Comme un manteau de deuil !
Lorsqu'à demi déjà descendu dans sa tombe,
Le Pontife en vautour convertit la colombe
Et la crèche en cercueil [1].

En soi-même aujourd'hui l'Europe recueillie
Détourne de l'arène où périt l'Italie
Son œil calculateur ;
Triomphateur d'un jour, l'esclave germanique,
De Brennus a jeté dans la balance inique
Le glaive usurpateur.

---

[1] Il est important de se reporter à la date où ces vers ont été écrits. Il ne saurait être ici question de l'illustre et vertueux Pie IX qui donne aux princes de l'Italie et de la Chrétienté un si noble exemple.

Vieux Camille, debout ! ramène au Capitole
L'Italie éplorée avant qu'on ne l'immole
    En holocauste au Nord !
Un jour peut de l'histoire effacer bien des pages ;
Le vaisseau démâté, mais vainqueur des orages,
    Triomphant rentre au port.

Italie ! Italie ! esclave noble et chère !
Des temps meilleurs viendront, dans l'avenir espère ;
    La force est dans la foi ;
L'Europe te doit tout : arts, liberté, science,
Mais ne demande rien à sa reconnaissance,
    Et n'espère qu'en toi !

Mais espère ! on a vu poindre déjà l'aurore,
D'un de ces jours sacrés qui du sang font éclore
    Les peuples de Brutus ;
Jours de justice, où Dieu paira ton long veuvage
Par cette liberté, magnifique héritage
    Des siècles de vertus.

Je vois les champs lombards purgés d'indignes maîtres,
Et la foule, Madame, au toit de vos ancêtres,

Se presser sur vos pas ;

Je la vois à vos pieds déposer ses offrandes,

Et votre noble front fléchit sous des guirlandes

Dont il ne rougit pas.

Paris, mai 1831.

A CHARLES NODIER.

Sonnet.

Le chamois est timide, au désert il se plaît;
Il se plaît dans les bois que la fraise parfume;
Il hante les hauts pics que le soleil allume
De son premier rayon, de son dernier reflet;

Sous la neige il surprend le thym, le serpolet,
S'abreuve à la cascade, et, tout blanchi d'écume,
Il écoute, immobile et perdu dans la brume,
Le cor lointain du pâtre et les voix du chalet.

Et si parfois, le soir, errant dans la vallée,
Près des hameaux en fête il passe à la volée,
Le bal, les champs, les feux, tant d'éclat, tant de voix

L'effarouchent; il fuit, il fend l'air, il regagne,
Encor tout palpitant, la paisible montagne...
Moi, fils aussi des monts, je ressemble aux chamois.

Paris, 1831.

A MA SOEUR

QUI M'ANNONÇAIT SA GROSSESSE.

Si de larmes de foi baignant les saintes pierres,
Je savais à genoux répandre mes prières
    Aux pieds de l'Éternel,
Je prierais pour ce fruit d'amour et de mystère
Qui germe lentement, qui mûrit pour la terre,
    Dans ton sein maternel.

En priant, je dirais : « D'un rayon de ta grâce
» Forme cette âme, ô Dieu! sur qui gronde et s'amasse
    » L'orage d'ici-bas !
» Jeté par le néant en proie à l'existence,
» Au nouvel arrivé, Seigneur, prête assistance,
    Aux terrestres combats!

» Ceins-le de ta vertu, soit que, champion des joutes,
» Lance au poing, casque au front, il les emporte toutes,

» Ou tombe au premier coup ;

» Soit qu'il vive de bruit, soit qu'il vive d'étude ;

» Qu'il soit épris du monde ou de la solitude,

    » Aime et souffre beaucoup !

» Que de bonne heure ou tard le tombeau le réclame ;

» Qu'il abrite son âme à l'ombre d'une autre âme,

    » Ou des vents soit battu ;

» Soit qu'il cherche l'encens et la splendeur des fêtes,

» Soit qu'il s'abreuve en paix du lait de tes prophètes,

    » Ceins-le de ta vertu ! »

Mais toute vie en haut est écrite et prévue :

Que sert donc de prier pour cet être où ma vue

    Se repose en tremblant ?

Étouffons dans nos cœurs la prière nocturne ;

Car l'invisible main déjà des flancs de l'urne

    A tiré noir ou blanc.

O volonté superbe ! idole souveraine !

Tu n'es que la boussole, et l'aimant qui t'entraîne

    Échappe à nos regards.

Lorsqu'aux terrestres mers tombe le vent céleste,

La résignation, voilà tout ce qui reste
    Aux passagers hagards.

Les passagers, c'est nous ; c'est le troupeau des hommes,
Nous, qui nous proclamons dieux sur terre, et ne sommes
    Que mensonge et néant ;
C'est nous, dont tout penser est frappé de vertige ;
Nous, dont chaque matin l'aveuglement érige
    Un pygmée en géant.

C'est nous, qui nous ruons aux routes de la vie,
L'un d'orgueil enflammé, l'autre pâle d'envie ;
    Qui fort, qui chancelant ;
Moi, faisant le voyage à pied, couvert de poudre,
Lui, nouveau Salmonée, improvisant la foudre,
    Du haut d'un char sanglant.

Nous, qui dans ce bazar que l'on nomme le monde,
Que l'avarice humaine incessamment inonde
    De pleurs, de sang et d'or,
Arrivons nuit et jour par grandes caravanes,
L'un enfant des cités, l'autre enfant des savanes,
    Avec ou sans trésor.

Malheur à qui vient nu dans la foire insensée !
Qui jette en la balance une grande pensée
  Et dit : « Voilà mon bien ! »
Anathème et malheur ! La multitude avide
Le foule aux pieds, criant : « Sa ceinture était vide,
  » Et qui n'a rien n'est rien. »

Couchés aux lits de soie, ivres de malvoisie,
Là sont les conviés de la table choisie,
  Les élus d'ici-bas ;
Ici les réprouvés, en haillons, les yeux ternes,
Mangeant l'algue des mers, buvant l'eau des citernes,
  Dormant sur les grabats.

La beauté sur ses pas agenouille le monde ;
La laideur au mépris livre sa tête immonde
  Et sa difformité ;
L'un reçoit deux flambeaux : la gloire et le génie,
Tandis que l'autre, obscur, traîne l'ignominie
  De l'imbécillité.

Sous un toit, chants joyeux, longs jours, festins de noces ;
Sous l'autre, solitude, abandon, morts précoces,

Gémissements sans fin.

Ici tous les bonheurs, là toutes les détresses ;

Puis l'un blasé s'endort aux bras de ses maîtresses,

L'autre aux bras de la faim.

Et nul ami, quittant sa funèbre demeure,

Ne vient nous révéler à notre dernière heure

Le secret des tombeaux ;

Et l'on meurt sans savoir si Mausole en son marbre

Ne repose pas mieux que Lazare sous l'arbre

Qu'assiégent les corbeaux.

Voilà ce qu'il faut dire à l'enfant qui va naître ;

Car c'est ce qu'avant tout nos fils doivent connaître,

Et leurs fils après eux,

Pour marcher dans la vie avec calme, avec force,

Et ne se point laisser prendre à la vaine amorce

D'un bonheur frauduleux.

Lorsque le voyageur paraît sur la montagne,

Le pâtre calabrais l'assiste et l'accompagne

Aux périlleux sentiers ;

Sois de même, ô ma sœur ! le guide, la cuirasse

De cet être inconnu, qui bientôt prendra place
    Parmi nos héritiers.

Conduis-le par la main, pas à pas, et sois prompte
A lui montrer la côte où l'humanité monte
    Sans guide, sans flambeau ;
Et de l'autre côté la cascade éternelle
Des générations qui tombent pêle-mêle
    Dans la nuit du tombeau.

Et si tu vois aux flancs de la montagne ardue
Quelque homme fier, qui jette à la foule éperdue
    Un regard de mépris ;
Qui, marchant à l'écart, à la pitié dérobe
Son front mélancolique, et sous sa longue robe
    Cache ses pieds meurtris ;

Qui, lorsque de son cœur quelque soupir s'élance,
Le refoule, l'étouffe, et se courbe en silence
    Sous l'ardent aiguillon,
Et qui, semblable au serf, qui dès l'aube travaille,
Pour payer au seigneur et la dîme et la taille,
    Creuse son dur sillon ;

Qui, dans l'âpre sentier où son fardeau l'entrave,

Le porte sans rougir, mais résigné, mais grave,

　　　Se disant : « Il le faut ! »

Comme le condamné que la charrette entraîne,

Et qui voit devant lui, l'œil sec, l'âme sereine,

　　　Se dresser l'échafaud ;

C'est lui qu'il faut montrer à ta jeune famille :

« Ceignez, lui diras-tu, ceignez votre faucille,

　　» Et, de l'aube au couchant,

» Suivant d'un pas égal le sentier qu'il vous fraie,

» Soit que le bled abonde, ou que ce soit l'ivraie,

　　» Moissonnez votre champ. »

Notre champ paternel est fertile en désastres ;

Domaine ingrat, jamais il ne reçut des astres

　　　Que fléaux sur fléaux ;

Alors que vient l'été, toujours je me révolte,

Car l'ivraie est toujours ce que de la récolte

　　　Laissent les passereaux.

Aux yeux du nouveau-né ne nous fais donc pas riches ;

Dis-lui bien qu'il n'aura qu'un patrimoine en friches,

Et qu'un soc fatigué;
Mais qu'opulent ou pauvre, à l'heure du partage,
Il faut, sans murmurer, accepter l'héritage
          Par ses aïeux légué.

Lorsqu'aux sources d'en haut ta foi le purifie,
Pourquoi des sucs amers de ma philosophie
          Flétrir ce fruit naissant?
C'est que, pour moi, la route est rude, est escarpée;
C'est que d'un sceau fatal ma tête fut frappée,
          Et son sang est mon sang.

Acteur las et souffrant dans un triste et long drame,
Je fléchis sous ma chaîne, et tremble pour chaque âme
          Qui tombe en ma prison;
Et, comme Oreste aux fers, du fond de ma Tauride,
Pour tout nouveau convive à la table d'Atride
          Je ne vois que poison.

Impuissante à bénir, à prier inhabile,
Dans les adversités l'âme est une sibylle
          De malheur et d'effroi;
Mais l'amour d'une mère est un plus doux prophète;

Il transfigure tout, change le deuil en fête,
     Le désespoir en foi.

Livre donc, livre aux vents mes visions funèbres ;
Laisse-moi gémir seul dans les sombres ténèbres
     De la fatalité ;
Et, de dieux plus cléments suivant en paix les voies,
Savoure avec orgueil les ravissantes joies
     De la maternité.

               Paris, décembre 1831.

SONNET.

Vous avez de la grâce, ô femmes de Paris !
Mais vous n'avez point d'âme, et vos noires prunelles
Lancent, en se jouant, d'ardentes étincelles ;
Ainsi jaillit l'éclair d'un ciel aride et gris.

Vos yeux distraits et secs aux pleurs sont aguerris ;
Le combat seul vous plaît ; amazones cruelles,
Vous frappez sans pitié, sans remords ; les plus belles
Ont pour tous les vaincus d'implacables mépris.

Vos cœurs ont trop d'esprit, l'esprit est un cerbère ;
Pour franchir, malgré lui, le seuil du sanctuaire,
Il faut le rameau d'or et le gâteau de miel ;

Mais l'amour est timide, aisément il s'alarme,
Et puis il ne demande aux femmes qu'une larme
Suspendue au regard comme une étoile au ciel.

Paris, 1832.

CE QU'ON RÊVE A DOUZE ANS.

J'ai rêvé tout le jour à mon adolescence ;
J'ai revu par l'esprit les lieux que j'adorais,
Et le lac et le bois que, dans mon ignorance,
J'appelais, à douze ans, notre mer, mes forêts.

Ces sites consacrés, tous me sont chers encore ;
A chacun d'eux en moi se lie un souvenir :
Ici je surprenais à son lever l'aurore ;
Là, déjà soucieux, j'évoquais l'avenir.

Si, troublant tout à coup ou mon rêve ou mon somme,
Si quelque belle dame auprès de moi passait,
Je grossissais ma voix afin de paraître homme,
De plaisir et de peur tout mon sang se glaçait.

Être homme était mon rêve, et ce rêve la source
De mille et mille vœux dont mon cœur pétulant
Se berçait, s'enivrait, précipitant la course
De ce temps fugitif qui me semblait si lent.

Ainsi, le voyageur pris par l'Avé-Marie,
Bien loin encor du but, au fond de quelque val,
Impatient de voir fumer l'hôtellerie,
Pique des deux, et lance au galop son cheval.

L'enfance me pesait, car c'est une torture :
On veille, il faut dormir; dort-on, il faut veiller;
On aspire au grand air, on chérit la nature,
Dans quelque obscur cachot on s'entend verrouiller.

En vain le pauvre esclave en ses fers se rebelle;
En vain il se débat, semblable au jeune oiseau
Que convie au printemps le soleil, et dont l'aile
S'épuise à battre en vain l'inflexible réseau.

Quelque règle toujours, toujours quelque défense,
Comme les assaillants nés aux pieds de Cadmus,
Surgit, pour l'effrayer, sur le pas de l'enfance,
Et pour une qui meurt il en naît vingt de plus.

Moi-même, il m'en souvient, quelque devoir inique,
Jusqu'au sein de mes jeux, partout me poursuivait;
Le jour, il me bridait de son frein tyrannique;
· La nuit, cauchemar sombre, il gardait mon chevet.

A mes pas acharné, tel qu'une ombre fatale,
Il était toujours là, c'était comme un remord;
Ainsi les rois d'Égypte, à leur table royale,
Avaient en face d'eux une tête de mort.

J'aimais, sur la presqu'île entre le Rhône et l'Arve,
Où le fourmi-lion en traître s'enfouit,
Où dans l'ombre d'abord il vit, puis devient larve,
Puis, demoiselle d'or, au jour s'épanouit;

J'aimais, dis-je, épier, dans sa métamorphose,
Le merveilleux Protée, et mon cœur palpitait,
Quand son aile d'azur, sous mon regard éclose,
Comme au triomphe, aux cieux doucement l'emportait;

Mais à peine, ravi des trésors, des miracles,
Que la création déroulait à mes yeux,
Surprenant les secrets, arrachant les oracles
Que cache dans son sein le sphynx mystérieux,

A peine étais-je là que la brutale cloche
Qui, douze ans, m'étourdit et me tyrannisa,
Sonnait, et, me troublant comme un sanglant reproche,
M'appelait sur les bancs pour décliner *musa*.

O langue du Forum! O langue souveraine!
Virgile, Tite-Live, Horace et Cicéron,
Pardonnez à douze ans d'une implacable haine,
Car je vous ai maudits plus encor que Byron [1]!

Hélas! pour vous aimer, vous sentir, vous comprendre,
Échappé, tout meurtri, des fers de mes tyrans,
Dans Rome, il m'a fallu, libre et seul, vous rapprendre
Sous ce soleil latin qui vous a fait si grands.

Il m'a fallu, formé par des leçons plus fortes,
Des siècles remontant l'échelon glorieux,
Rendre, en esprit, la vie à bien des cités mortes,
Le trône à bien des rois, l'autel à bien des dieux.

Il m'a fallu descendre au fond des cénotaphes,
Vieux squelettes blanchis debout sur les chemins;

---

[1] Childe-Harold, ch, iv.

Moi-même déchiffrer les mâles épitaphes
Que la charrue exhume aux vastes champs romains.

Il m'a fallu, lassé de fouiller d'urne en urne,
Évoquer au forum et Brutus et Gracchus,
Le peuple au mont Sacré, Marius à Minturne,
Virgile au Pausilippe, au désert Spartacus.

Il m'a fallu surtout, rompant mille habitudes,
Oublier le passé, tant de beaux jours perdus,
Dix-huit ans consumés en stériles études,
Tant de sommes troublés, tant de pleurs répandus.

Car, hélas! c'est ainsi que passa mon bel âge.
Ah! quand (disais-je alors), quand serai-je homme enfin,
Pour être indépendant, pour aller en voyage,
Dormir à mon sommeil et manger à ma faim.

Le dimanche, endormi pieusement au prêche,
Je rêvais du Salève et du lac argenté,
Il me semblait voguer sur l'onde calme et fraîche,
Sur la montagne en fleur errer en liberté.

Voilà mon idéal à douze ans ! Quel mécompte !
Tous mes vœux d'écolier sont désormais remplis :
Je suis homme ; j'ai fait des voyages ; je compte
Pour amis de grands noms dont je m'enorgueillis ;

J'aimai, je fus aimé ; j'écris des vers qu'on loue ;
Jeté dans le courant du siècle, chaque instant
Peut te voir, ô Fortune ! en passant, sur ta roue
M'emporter comme un autre... et suis-je heureux pourtant ?

Mais du moins le passé m'éclaire ; dans la vie
Je marche d'un pied sûr, car je sais ce qu'elle est ;
Je sais que le dégoût suit tout ce qu'on envie,
Et qu'on aime demain ce qu'aujourd'hui l'on hait.

Paris, mai 1832.

A DAVID RICHARD.

Sonnet.

Pourquoi de la beauté suivre l'ombre à genoux ?
Va, c'est en vain, ami, que pris d'un doux vertige,
Notre œil tendre et charmé d'une à l'autre voltige,
Pauvres enfants perdus, il n'en est pas pour nous.

Clos, comme Danaë, dans un airain jaloux,
Leur cœur veut bien céder, mais il faut un prodige :
Pleurez, mon bel amant, les pleurs sont sans prestige,
S'ils ne tombent ĕn pluie et d'or et de bijoux.

L'âpre cupidité les rend pour nous cruelles ;
Dieu jadis se fit or, aujourd'hui l'or est Dieu,
Et l'amour à la France a fait un long adieu.

La vénalité règne et l'on voit les plus belles,
Amour, pardonne-leur ! se livrer en ton nom,
Pour une loge infâme à l'Opéra bouffon.

Paris, 1833.

ALMA VENUS.

Quand las de planer seul dans l'azur solitaire,
L'aigle s'abat plus près des terrestres vallons,
Accueilli par l'amour, il retrouve en son aire
    Son aigle et ses aiglons.

Quand las de parcourir le désert monotone,
Le lion fatigué rentre dans son repos,
Comme l'aigle son aigle, il trouve sa lionne
    Avec ses lionceaux.

Quand las de galoper dans les steppes d'Ukraine,
Le sauvage étalon s'assoupit au soleil,
Son ardente cavale est là qui fend la plaine,
    Et sonne le réveil.

Et moi, quand las d'errer aux champs de la pensée,
Quand las d'interroger la nature, les cieux,
Je retombe épuisé, la paupière baissée,
    Et le front soucieux ;

En vain je cherche une âme où retremper mon âme,
Deux genoux adorés dont me faire un autel,
Un œil qui me sourie et dont la chaste flamme
  Me reflète le ciel.

Tout, en moi, hors de moi, tout est vide et silence ;
Je suis semblable aux morts couchés dans le linceul,
Désabusé de tout, sans culte, sans croyance,
  Mon cœur est triste et seul.

Et d'avril cependant la brise est tiède et douce,
L'aubépine s'enlace à l'or pur du genêt,
Partout, dans les vieux troncs et jusque sous la mousse
  L'existence renaît.

Au zéphyr printanier la pervenche fidèle
Éclôt modestement au pied du vieil ormeau,
Et, gazouillant d'amour, la plaintive hirondelle
  Niche aux toits du hameau.

Le pin qui tour à tour s'incline et se redresse,
Épanouit au ciel son nouveau parasol,
Dans ses rameaux à jour il berce avec tendresse
  Le nid du rossignol.

Et la mouche en naissant s'échappe de la rose,
Et sous l'herbe gémit l'invisible grillon ,
Et sur le sein des lis avec amour se pose
    Le brillant papillon.

A peine encor des monts la neige ceint le faîte,
Le ciel est bleu, l'air pur, le soleil enivrant,
Et la création est une vaste fête
    Où j'assiste en pleurant.

Quoi ! devrais-je abaisser sur l'inerte matière,
Moi qui pense et qui sens, un regard envieux !
Ah ! mon cœur est jaloux de la nature entière,
    Elle est jeune et moi vieux.

Je suis jaloux des fleurs dont la noce inconnue
Se célèbre en silence aux bois voluptueux ;
Jaloux du fier palmier fécondé dans la nue
    Par les vents amoureux.

Je suis jaloux du fleuve errant dans la prairie,
Qui sur l'herbe, au soleil, bondit comme le faon,
Et qui, le soir venu, languissamment marie
    Son onde à l'océan.

D'un œil jaloux je suis tous ces astres de flammes

Qui brillent l'un pour l'autre aux palais éthérés,

Et se bercent en chœur comme un essaim de femmes

      Danse au milieu des prés.

Navires suspendus aux mers aériennes,

Le pilote inconnu les conduit d'un bras sûr,

Et Pythagore entend leurs voix éoliennes

      Au sein des nuits d'azur.

C'est ainsi qu'à mes yeux, les cieux comme la terre,

Tout subit de l'amour l'impénétrable loi,

Et l'homme et l'animal, et la plante et la pierre,

      Tout la bénit, hors moi.

La nature au bonheur en vain partout s'éveille,

Et partout s'abandonne à d'amoureux transports,

En vain sa chaste voix murmure à mon oreille

      De ravissants accords.

Hélas! seule en dehors de la grande harmonie,

Ma voix ne chante pas au céleste concert,

Et, du banquet des dieux spectatrice et bannie,

      Mon âme erre au désert.

Sceaux, avril 1833.

MARIE AURORE.

ROMANCE ESPAGNOLE.

I

Marie-Aurore était la fille
D'un contrebandier de Ronda ;
Paisible et pure en sa famille,
Jusqu'à seize ans Dieu la garda.
Elle vivait en demoiselle ;
Le travail, trop grossier pour elle,
Jamais n'avait terni ses mains ;
Elle était fière autant que belle,
Et, de son cœur longtemps rebelle,
Nul n'avait fléchi les dédains.
Quand elle allait seule à l'église,
Tous, enflammés de convoitise,
Les jeunes gens suivaient ses pas ;
Mais elle ne les voyait pas,

Et traversait la foule éprise
Sans contrainte, sans embarras.
Devant l'image de la Vierge,
Vierge elle-même elle priait,
Et lui vouait tantôt un cierge,
Tantôt les fleurs qu'elle cueillait;
Aux cils de ses longues paupières,
Quand elle disait ses prières,
Une larme parfois brillait;
Ainsi, par la nuit déposée
Sur la grenade au sein vermeil,
Brille une perle de rosée
Au premier rayon du soleil.
Ses mains jointes sur sa poitrine,
Ses pieds cachés sous sa basquine,
(Dieux! quels pieds! des pieds andalous!)
Humiliant son âme altière,
Elle se livrait tout entière
Au Dieu qui s'est livré pour nous.
Tous les hommes étaient jaloux.
Au théâtre, à la promenade,
Ils se plaçaient en embuscade,
Mais ils n'étaient pas plus heureux;
Leur encens lui paraissait fade,

Et la plus belle sérénade

N'attirait pas même une œillade

A nos troubadours amoureux,

Fussent-ils les fils de l'alcade.

De même, aux combats des taureaux :

Les plus sanglants sont les plus beaux.

Dans sa mantille enveloppée,

Elle excitait le picador ;

Sans sourciller suivait l'épée

De Ramirez le matador,

Et voyait rouler devant elle,

Vraie Espagnole au cœur d'acier,

Et se débattre pêle-mêle

Taureau, cheval et cavalier.

C'étaient là ses jeux et ses fêtes.

Ses jours s'envolaient sans tempêtes.

Mais vint une heure où tout changea ;

L'amour méprisé se vengea :

Malheur au cœur qui lui résiste !

Marie-Aurore devint triste ;

Expiant ses propres rigueurs,

Elle tomba dans les langueurs ;

Les fleurs de son teint se fanèrent,

Ses deux grands yeux noirs se cavèrent,

La pâleur envahit son front ;

Chacun en parlait, quel affront !

Que se passait-il dans son âme ?

Seize ans pour elle avaient sonné ;

Enfant hier, aujourd'hui femme....

Tout le mystère est deviné.

Rêveuse, inquiète, oppressée,

En proie à de vagues désirs,

Son cœur se brise en vains soupirs.

La Vierge même est délaissée.

Toujours seule avec sa pensée,

Elle fuit devoirs et plaisirs ;

Du rire elle perd l'habitude,

Prend en horreur la multitude,

Et, dans sa soif de solitude,

Se cache aux lieux les plus déserts.

De ses cheveux tombe la rose ;

Elle répand des pleurs sans cause,

Et, la paupière demi-close,

Suit du regard l'oiseau des airs.

« Ah ! dit-elle, l'ennui me gagne ;

» Mon père, sauvez votre enfant !

» Il fait si bon sur la montagne,

» L'air du village est étouffant !

» Il me faut du ciel, de l'espace !

» Je suis de feu, je suis de glace ;

» L'air du village me tûra.

» A vos côtés je veux ma place,

» Emmenez-moi sur la Sierra ! »

II

Or en ce temps un Grand d'Espagne,

Homme de cour, homme en crédit,

Passant un jour sur la montagne,

Vit Marie-Aurore et lui dit :

« Je connais Valence et Séville,

» La Catalogne et la Castille,

» Je suis de tous les bals du roi,

» Et je n'y vis jamais de femme

» Qui pût se comparer à toi.

» Mais pour une perle si rare

» Cette contrée est bien barbare ;

» Ah ! quel péché d'ensevelir

» Tant d'appas en ce lieu sauvage.

» Laisse la laideur au village ;

» Il te faut un plus digne hommage.

» Quoi donc, ici veux-tu vieillir?

» Veux-tu du temps subir l'outrage

» Sans avoir cueilli du bel âge

» Les fleurs qu'un instant peut flétrir?

» Pour te donner cet avis sage

» Dieu m'a jeté sur ton passage.

» Crois-moi, vivre ici c'est mourir.

» Madrid t'attend, Madrid t'appelle.

» C'est là qu'il fait bon d'être belle.

» Eh! qu'est la beauté sans l'amour!

» Entends-le donc, il te convie

» A ne plus perdre ainsi ta vie;

» La solitude est un vautour

» Qui ronge le cœur nuit et jour.

» Viens donc, fuis cet âpre séjour;

» Viens, te dis-je, viens faire envie

» Aux nobles dames de la cour. »

Le tentateur alors étale

Tant de luxe à l'œil ébloui

De la pauvre provinciale,

Qu'elle était là comme Tantale,

Rêvant déjà la capitale,

Et que son cœur avait dit : Oui!

Bref, parti seul, le Grand d'Espagne
Revient à deux. Qui l'accompagne ?...
Chacun l'ignore ; mais un soir
On vit passer à sa fenêtre,
Puis au même instant disparaître,
Une jeune fille à l'œil noir.
« Ah! dit tout bas le voisinage,
» C'est un hymen sans sacrement. »
On en parla, Dieu sait comment.
Mais, comme c'est partout l'usage,
On enviait, tout en blâmant.
Pendant ce temps cherchant sa fille,
Le contrebandier de Ronda
La voyait sous chaque mantille,
Et jusqu'aux portes de Séville
Imprudemment se hasarda.
Là les carabiniers le virent,
Vite au galop le poursuivirent,
Et de si près on le serra,
Qu'il fut tué dans la Sierra.

III

Marie-Aurore au Grand d'Espagne
Dit un jour : « Duc, l'ennui me gagne ;
» Vous voyez bien que je maigris.
» Regardez-moi, je deviens blême.
» En me coiffant, ce matin même,
» J'ai découvert un cheveu gris.
» Où sont les plaisirs, les merveilles
» Dont vous me berciez les oreilles ?
» Votre palais est un harem ;
» Je n'y vois que d'horribles vieilles
» Qui me chantent le *Requiem.*
» Ma vie est celle d'une nonne ;
» Partout jalousie et rideau ;
» Je n'aperçois jamais personne ;
» On me surveille, on me soupçonne ;
» Chaque heure est un pesant fardeau.
» Qu'ai-je fait pour qu'on m'interdise
» D'aller le dimanche à l'église ?
» Je ne vais pas même au Prado.
» Je vous le dis avec franchise,

» Duc, votre amour me tyrannise ;

» Plutôt l'oubli qu'un tel amour !

» Et je vous répète à mon tour

» Ce que vous me disiez naguère :

» La solitude est un vautour

» Qui ronge le cœur nuit et jour.

» Je suis bien punie, ô ma mère !

» Eh ! que m'importent les bijoux,

» Les brillants habits, les richesses

» Que vous mettez à mes genoux ?

» Quand vous me parez, c'est pour vous.

» Ce n'étaient pas là vos promesses ;

» Et, malgré toutes vos largesses,

» En suis-je moins sous les verrous ?

» Rendez, rendez-moi mes montagnes.

» Je meurs dans la captivité.

» Ah ! tous les trésors des Espagnes

» Ne valent pas la liberté. »

Pour réponse le duc réveille

La vieille duègne qui sommeille,

Et lui dit bas : Va dans la cour,

» Fermer la porte à double tour. »

Marie-Aurore, en fille d'Ève,

Reçut le trait, et murmura :

« Le gant jeté, je le relève.

» Puisqu'il veut la guerre, il l'aura. »

Son œil noir brilla comme un glaive ;

Son front pâli se colora ;

Prières et plaintes se turent ;

Et, coupant court à l'entretien,

Toutes ses grâces reparurent.

La vengeance fait tant de bien !

Le soir elle dit à la duègne

Qui sur elle en despote règne :

« Sa Grandesse est au jeu du roi ;

» Duègne, ma mie, écoute-moi :

» Tu vois ce collier que je porte,

» Il vaut dix fois son pesant d'or.

» Je te le donne, et plus encor,

» Si ce soir tu m'ouvres la porte

» Et me conduis au bal masqué.

» Le pas te semble un peu risqué ?

» Je vois déjà ta main qui tremble.

» Mais pèse-moi donc ces joyaux,

» Et dis-moi s'ils ne sont pas beaux.

» Que crains-tu ? Nous irons ensemble,

» Ensemble aussi nous reviendrons ;

» Tout le monde au bal se ressemble,

» En entrant nous nous masquerons.

» Qui donc pourrait nous reconnaître?

» Pas même, y fût-il, l'œil du maître.

» Mais le maître n'en saura rien,

» Pour ton salut et pour le mien.

» Nous n'avons à craindre aucun traître;

» Et, lorsque le duc rentrera,

» Au logis il nous trouvera...

» En vains mots la nuit se consume,

» Partons; je choisis le costume

» Des gitanas de la Sierra. »

IV

On était en plein carnaval,

Et tout Madrid était au bal.

On dit que l'Espagnol est grave;

Courbé sous la mitre en esclave,

Jadis il put l'être; aujourd'hui

Nul peuple n'est plus gai que lui.

Comme l'enfant qui fuit l'école,

Des jours perdus il se console.

Mais je reviens au bal masqué.

Cette bruyante multitude
Était pour moi la solitude ;
J'étais un nouveau débarqué.

Confondu dans la foule immense,
J'errais avec indifférence ;
A peine étais-je remarqué,

Et bien moins encore attaqué.
Nul ne m'adressait la parole.
Trop neuf à la vie espagnole,

Seul entre tous j'étais sans rôle
Dans ce roman si compliqué.
J'en étais même un peu piqué,

Car alors j'étais encor jeune ;
Trente ans n'est pas l'âge où l'on jeûne,
Et je n'avais pas abdiqué.

Andalouses et Castillanes,
Infantes même et courtisanes
Tourbillonnaient à mes côtés ;

C'était un ouragan de femmes ;
Il emportait toutes les âmes
Dans l'océan des voluptés.

Sous le masque noir à dentelles
Leurs yeux jetaient des étincelles
A mettre en flammes tout Madrid.

Mon cœur volait au-devant d'elles,

Mais j'en étais pour mes coups d'ailes,

Toute Chimène avait son Cid.

Las d'attendre les aventures,

J'allai m'asseoir seul à l'écart,

Et sur ces folles bigarrures

Mes yeux s'égaraient au hasard.

A peine étais-je là qu'un masque

Vint droit à moi d'un air fantasque

Sous l'habit d'une gitana,

Et me dit : « Mon beau misanthrope,

» Je veux tirer ton horoscope. »

Cela dit, elle m'entraîna.

La jeunesse éclatait en elle ;

Je devinais qu'elle était belle,

A travers le masque jaloux.

Ses cheveux noirs à larges ondes

Inondaient ses épaules rondes ;

Elle avait le pied andaloux.

La basquine serrait sa hanche ;

Le corset, dont la couleur tranche,

Montait moins haut qu'il n'est permis ;

C'est un péché souvent commis.

Ses bras sortaient nus de sa manche ;

Le gant qu'un enfant aurait mis
Était trop grand pour sa main blanche ;
Son allure était fière et franche ;
Son œil me disait : « Sois soumis,
» Je tiens tout ce que j'ai promis. »
Je fus soumis, mon Espagnole
Fidèlement tint sa parole,
Et longtemps on se souviendra
Des passions de la Sierra.

V

C'est ainsi qu'à Marie-Aurore
Le bal masqué m'avait uni.
Le carnaval était fini,
Notre bonheur durait encore.
O doux charme des premiers temps !
Tous les amours ont leur printemps ;
Ceux que le bal a fait éclore
Sont d'ordinaire aventurés ;
Mais, s'ils ne sont guère éthérés
(C'est un mot que l'Espagne ignore),
Que de vers ils ont inspirés !

Toute femme est femme, on l'adore,

Qu'elle soit ou Laïs ou Laure ;

Même il n'est pas certain, dit-on,

Que la vertu la plus sublime

N'ait jamais, dans son for intime,

Préféré Catulle à Platon.

Marie-Aurore était ravie ;

Le cœur léger, le front riant,

Elle se jetait dans la vie

Comme un enfant insouciant ;

Et si, parfois moins confiant

(A trente ans on sait bien des choses),

Je sentais une épine aux roses

Et m'alarmais de l'avenir,

Elle disait : « Veux-tu partir?

» Ne crains rien, je suis aguerrie ;

» Je te suivrai dans ta patrie,

» Que je sois ton épouse ou non.

» Faut-il que je change de nom?

» Tout nom me plaira, si tu l'aimes.

» On ne perd pas le paradis

» Pour avoir reçu deux baptêmes...

» Ah! pour toi j'en recevrais dix!

» Mais reste plutôt en Espagne ;

» Où trouver un plus beau soleil ?

» Ta France en a-t-elle un pareil ?

» Si de Madrid l'ennui te gagne,

» Viens avec moi sur ma montagne ;

» Viens, te dis-je, suis mon conseil,

» A deux la solitude est douce ;

» Nous donnerons tout notre été

» A l'amour, à la liberté ;

» Quand l'hiver blanchira la mousse,

» Nous reviendrons chercher le bal

» Et les plaisirs du carnaval.

» Viens, j'entends déjà l'hirondelle ;

» C'est le printemps qui nous appelle ;

» Plus de danse, plus d'opéra,

» Partons, ami, pour la Sierra ! »

VI

Jamais de tout on ne s'avise,

Et l'homme ne sait rien prévoir ;

Nos amours couvaient une crise,

Notre horizon tournait au noir ;

Nous sombrions sans le savoir.

Voici le fait avec franchise :

Au théâtre j'étais un soir
Dans la loge d'une marquise,
Qui, par caprice ou par méprise,
Au premier rang me fit asseoir.
Je pris la place avec surprise,
Non que beaucoup ne l'eussent prise,
Mais c'était celle des élus.
Sans doute on y pouvait prétendre ;
La marquise avait le cœur tendre ;
Le monde même disait plus.
Si l'on en croit la médisance,
Elle avait sur la conscience
Bien des péchés, des repentirs ;
Divinité trop peu sévère,
Elle aimait mieux, disait-on, faire
Des bienheureux que des martyrs.
Sans vouloir trancher de l'apôtre,
Je dois dire aux intéressés
Que je n'étais ni l'un ni l'autre ;
Et certes on le voyait assez.
Parlez d'amour aux Espagnoles,
D'elles surtout, même en détail,
Sinon vous perdez vos paroles ;
L'esprit est leur épouvantail.

De quoi parlais-je à ma voisine?

Je n'en sais rien, mais je devine

Qu'elle bâillait sous l'éventail.

Comme elle était d'humeur bénigne,

Elle ne s'en offensa pas;

Et, par une faveur insigne,

Quoique j'en fusse bien peu digne,

Elle prit en sortant mon bras.

La foule empressée autour d'elle

Disait tout haut : Comme elle est belle!

Et se rangeait devant ses pas.

J'étais là comme un vrai molosse,

Ne laissant personne approcher,

Et marchant plus droit qu'un archer.

Au seuil l'attendait son carrosse;

Elle y monta... Fouette, cocher!

Adieu théâtre! adieu marquise!

A ses côtés la place est prise.

Je restai seul sur le pavé,

Et le roman fut achevé.

Ce fut là toute l'aventure,

Si c'en est une, et, je le jure,

On ne pouvait en être fier;

Mais je devais la payer cher.

Je regagnai donc mes pénates.

Quelques lueurs rouges et mates

Éclairaient la rue Alcala.

Tout se passa bien jusque-là;

Mais, devant la Commanderie

De l'ordre de Calatrava,

Une ombre noire, une furie

Devant moi soudain se leva.

« Va donc retrouver ta marquise, »

Me cria-t-elle en rugissant;

« Va, je te hais, je la méprise,

» Il faut que je boive ton sang! »

A cette sauvage apostrophe,

Je sentis le froid d'un couteau

Qui resta pris dans mon manteau.

Sur le lieu de la catastrophe

Le sereno vite accourut,

Mais le fantôme disparut.

C'est ainsi que Marie-Aurore

Me fit ses adieux, et montra

Combien il reste de sang more

Dans les filles de la Sierra.

Madrid, 1835.

SONNETS A G. S.

I

Vous êtes triste, hélas! moi, je le suis aussi.
Eh! comment ne pas l'être au spectacle du monde?
Vit-on jamais de nuit plus froide, plus profonde?
Jamais l'humanité dériva-t-elle ainsi?

Dans sa corruption le monde est endurci.
Sur les débris de tout dressant sa tête immonde,
Mammon règne et le flot des nations inonde
Les temples de ce dieu sans grâce et sans merci.

Si l'homme resté pur en soi se réfugie,
Qu'y trouve-t-il? Un cœur éteint, sans énergie,
Énervé par le doute, usé par les combats ;

Poursuivant l'étincelle, il fouille en vain les cendres,
En vain évoque-t-il ses instincts grands et tendres,
On rêve un idéal auquel on n'atteint pas.

Paris, avril 1836.

II

Pensez à moi la nuit, lorsque tout aime ou dort,
Quand, vous abandonnant aux saintes rêveries,
Vous suivez, l'œil épris, nos Pléiades chéries,
Et que le rossignol vous dit son doux transport;

Pensez à moi quand l'aube éteint les astres d'or;
Quand déjà fume au loin le toit des métairies;
Quand, surprenant l'aurore au milieu des prairies,
Le soleil monte aux cieux comme un Christ au Thabor;

Quand de vos peupliers berçant les fraîches têtes,
La brise vous apporte, à l'ombre du tilleul,
Les agrestes parfums du genêt triste et seul,

Pensez, pensez à moi; mon âme est où vous êtes;
De ses mille tyrans brisant les fers jaloux,
Invisible colombe elle plane sur vous.

Paris, juin 1836.

III

Nos deux astres brillaient avec sérénité,
Tout à coup je ne sais quelle étoile ennemie
Se lève et, reveillant la tempête endormie,
Déchaîne contre nous le doute et la fierté ;

Mais nous nous sommes vus et l'orage est dompté ;
Nous avons reconquis, vous l'ami, moi l'amie ;
Et dans la lutte même éprouvée, affermie,
Notre âme se repose avec sécurité.

Ne livrons plus nos cœurs en proie à ces alarmes,
Vous avez trop souffert, j'ai versé trop de larmes ;
Abritons-nous tous deux sous l'aile de la foi ;

Et si quelque ouragan nous assaillait encore,
Suivant d'un œil distrait l'impuissant météore,
Nous le verrons passer sans trouble et sans effroi.

Paris, juin 1836.

IV

Il est des jours mauvais où, lasse du fardeau,
L'âme du haut des cieux tombe précipitée,
Et, s'abdiquant, maudit le jour où Prométhée
L'alluma, froide argile, au céleste flambeau.

Foulant son sceptre auguste, arrachant son bandeau,
De reine elle se fait esclave révoltée,
Et par l'esprit de doute ardemment visitée,
S'en va frapper, vaincue, aux portes du tombeau.

Dans l'ombre méditant de lâches funérailles,
Elle aspire au néant, idole sans entrailles,
Qui pour elle a des mots tendres, mystérieux.

De vertige saisie, implacable à soi-même,
Enveloppant le ciel dans son propre anathème,
Elle meurt et renie, en mourant, tous ses dieux.

Paris, juillet 1836.

A DONA FLAVIA.

Sonnet.

Ces lieux ont de tes pas gardé l'empreinte ardente :
Voici la sombre allée où nous rêvions le soir ;
Plus loin, le banc discret où tu venais t'asseoir ;
Là, la statue, aveugle et sourde confidente ;

Ici, tu me disais la Francesca du Dante ;
Et le cygne à tes pieds glissait, et ton œil noir
Sur l'immobile étang le suivait sans le voir.
Ton voile cachait mal ta rougeur imprudente.

Aujourd'hui, je reviens, après quatre ans entiers,
Errer, seul et souffrant, dans ces mêmes sentiers ;
Je revois tout, l'étang, le cygne, la statue ;

Mais la vie et l'esprit manquent à tout cela ;
Car en vain l'encens fume et la nef est tendue,
Le temple est vide et mort si le Dieu n'est plus là.

Versailles, août 1837.

VISION.

Et vidi cœlum novum et terram novam.

APOC. XXII, I.

J'errais, seul, au sommet de mes Alpes natales.
Un aigle, ouvrant aux vents ses deux ailes royales,
    Effleura ma tête en passant :
Vieil ami du soleil, il planait dans sa gloire
Et ne laissait de lui qu'une ombre vague et noire
    Sur le glacier resplendissant.

Comme si j'avais pu m'élancer sur sa trace,
A côté du soleil avec lui prendre place,
    Je le poursuivais du regard ;
Rapide, aventureux, mon pied de cime en cime
Volait, et le vertige accroupi sur l'abîme
    Sur moi fixait son œil hagard.

De l'aigle sur les monts poursuivant la grande ombre,
Franchissant des rochers, des crevasses sans nombre,

14.

J'atteins un pic au front altier,

Flambeau qui le premier s'allumant à l'aurore,

Déjà rayonne aux cieux que dans la nuit encore

    Plonge le globe tout entier.

L'ombre s'arrête là, je m'arrête avec elle ;

Autour de moi la glace au soleil étincelle,

    Sur ma tête le ciel est pur ;

Sous mes pieds les grands monts dressent leurs cimes blanches,

Et plus bas les torrents, mêlés aux avalanches,

    Roulent dans un lointain obscur.

Voix humaine jamais sur ces hautes demeures,

Dans la joie ou le deuil ne mesura des heures

    Le passage silencieux ;

Jamais pied n'en souilla les neiges virginales ;

Les générations s'écoulent, leurs annales

    N'ont point d'écho si près des cieux.

En tombant de si haut sur les choses du monde,

L'œil ne découvre plus qu'un grand chaos qui gronde

    Au souffle ardent des passions ;

Discernant d'un regard l'innocent du coupable,

Il voit s'évaporer la fumée impalpable
    Des terrestres illusions.

Seule et par-dessus tout la vérité surnage ;
L'ignorance et l'erreur, comme un vil alliage,
    Rampent dans l'ombre des lieux bas ;
Avec elles les vœux insensés, les vains songes,
La stérile espérance avec tous ses mensonges,
    Le désespoir et ses combats ;

L'âpre cupidité, l'envie au regard louche,
Le vice au front d'airain déshonorant la couche
    De la vertu, de la beauté ;
Le fanatisme armé d'impitoyables torches,
Du temple des faux dieux ensanglantant les porches,
    Pétrifiant l'humanité ;

L'ambition livrant de stériles batailles,
De la société déchirant les entrailles,
    Et lui donnant pour lois des fers ;
Le peuple s'éveillant comme d'un mauvais rêve,
Et lorsque son jour vient en appelant au glaive
    De tous les maux qu'il a soufferts.

Voilà ce qui se passe aux régions mondaines ;
Mais ce concert d'orgueil, d'égoïsme, de haines,
    Au pied des Alpes vient mourir ;
Là, le calme renaît, profond, inaltérable ;
Chaque chose apparaît à son jour véritable,
    Plus de regret, plus de désir.

Au céleste flambeau de la philosophie,
Là, comme l'or au feu, l'esprit se purifie
    Et s'élève au renoncement ;
S'affranchissant du joug, des liens qui leur pèsent,
Là, les cœurs ulcérés se recueillent, s'apaisent,
    Et, s'ils souffrent, c'est vaillamment.

Là règne le silence, âme des solitudes ;
Aux cités profané, fuyant les multitudes,
    Il se réfugie au désert ;
Le poëte, fidèle aux sacrés tabernacles,
Vient cacher ses douleurs, vient puiser ses oracles
    Dans le temple à ses chants ouvert.

Moi-même que de fois, seul dans ce temple auguste,
M'enivrant d'un ciel pur, d'un air libre et robuste,

Je me prosterne à deux genoux,
Et chaque fois j'en sors plus ferme en ma croyance,
Consolé, retrempé, trouvant de l'existence
    Le poids moins dur, sinon plus doux.

Mais l'aigle dont si loin j'avais suivi la trace,
Bercé par l'aquilon au milieu de l'espace,
    Avait suspendu son grand vol :
On eût dit qu'il couvait du haut des cieux son aire ;
Il étendait sur moi son aile tutélaire
    Comme un immense parasol.

Quand il eut plané là quelque temps en silence,
Immobile, entre nous franchissant la distance,
    D'un vol paisible et nonchalant,
Jusqu'à moi par degrés il se laissa descendre,
Battit l'aile, et soudain je sentis se répandre
    Un vent frais sur mon front brûlant.

Le frisson me saisit, mes membres s'engourdirent,
Sous la main du sommeil mes yeux s'appesantirent,
    Je ne vis plus ni monts, ni ciel,
Ni soleil, mais je vis... De quels mots faire usage ?

Soit rêve ou vision, je vis comme une page
    Du jugement universel.

L'air n'était pas lumière, il n'était pas ténèbres ;
L'ombre des trépassés peuplait l'immensité ;
On n'entendait ni chants d'espoir ni cris funèbres.
Le temps était fini, c'était l'éternité.

Or une voix s'élève au milieu du silence,
Disant : « Esprits errants, peuples du vide immense,
  » O morts ! n'auriez-vous point vu mon globe natal ?
  » C'est le plus beau de tous ; un parfum virginal
  » S'en exhale, et ses nuits de tant d'éclat rayonnent,
  » Que, ravis, en passant, les anges s'en étonnent.
  » J'y régnais ; et voici, par la mort détrôné,
  » Je cherche dans les cieux le globe où je suis né. »
Et la voix sans écho s'éteignait dans les larmes ;
Témoins indifférents de ses tendres alarmes,
Les morts passaient, passaient et ne répondaient rien ;
Fils d'astres étrangers, ils ignoraient le sien.

Et l'ombre errant parmi toutes ces faces mornes,

Interrogeait en vain les espaces sans bornes,

Et, cherchant sans trouver, répandait tant de pleurs

Qu'on n'avait jamais vu de si grandes douleurs.

Tel Israël, tombé sous le joug de la terre,

Parmi les nations nation solitaire,

Pleurait dans l'esclavage et répétait en vain :

« Étrangers, parlez-nous des rives du Jourdain. »

Et voici, s'avançant seule à travers l'espace,

Muette en son linceul une grande ombre passe ;

Sur son front incliné se peint un récent deuil ;

« O toi qu'inonde encor la pâleur du cercueil,

» Dit l'ombre en pleurs, quel nom a ta sphère natale ? »

L'inconnu répondit d'une voix sépulcrale :

« Elle n'a plus de nom ! » Et ce mot, répété

Par l'écho des échos, meurt dans l'immensité ;

Et les morts, tressaillant dans leur funèbre toge,

Murmurent : « Plus de nom ! — Mais qui donc m'interroge ? »

Dit l'esprit inconnu levant son œil altier.

« Je suis le premier homme. — Et moi ? — Qui ? — Le dernier ?

— Oh ! sois le bienvenu ! j'embrasse enfin un frère !.. »

Et, comme deux proscrits sur la terre étrangère,

Les deux ombres pleuraient. Ainsi de Bethléem

Pleurait l'enfant divin quand de Jérusalem

Il voyait, malgré tout, miracles, prophéties,
Se perdre aveuglément les tribus endurcies,
Et que, pour elle en vain du ciel déshérité,
Sur son âme pesait toute l'humanité.

———————

« Toi qu'avec tant d'amour dans mon exil je nomme,
O terre! s'écria l'ombre du premier homme,
Terre d'où, par la mort, je fus sitôt banni,
Que je trouvai si belle et si belle ai laissée,
Par le souffle de Dieu nonchalamment bercée
    Sur les vagues de l'infini!

» O toi! qui m'accueillis avec grâce et tendresse,
Qui, sous mes premiers pas, tressaillais d'allégresse,
Et dont le premier cri fut un hymne d'amour!
Qui, née ainsi que moi de la nuit éternelle,
T'épanouis aux cieux comme une fleur nouvelle
    Sous un rayon du premier jour!

» O terre bien-aimée où mon âme ravie
Fut par Dieu conviée aux fêtes de la vie!

Temple auguste où par lui mon front fut couronné !
O terre de bonheur que sa main tutélaire
Se plut à décorer, comme la jeune mère
  Le berceau de son premier-né !

» En chœurs harmonieux autour de toi formées,
Les étoiles, tes sœurs, de ta beauté charmées,
Semblaient te rendre hommage au fond du firmament.
Déroulant à leurs yeux ta ceinture argentée,
Tu nageais dans l'azur, comme une île enchantée,
  Sur la mer au flot écumant.

» Arrachée au chaos, lancée au sein du vide,
Essayant dans l'éther ton vol encor timide,
Comme l'enfant ses pas tremblants, irrésolus,
Tu palpitais d'espoir, tu t'enivrais de vie,
O terre ! et maintenant, à la mort asservie,
  Tu n'as plus de nom, tu n'es plus !

» Au ciel où tu brillais te voilà donc éteinte !
Et Dieu, dont la parole est immuable et sainte,
Dieu t'avait, comme à nous, promis l'éternité ;
Il en avait en toi mis l'instinct, la croyance,

Il avait sur ton front empreint à ta naissance
    Le sceau de l'immortalité !

» O Dieu ! puisqu'à ta foi toi-même es infidèle,
Qui donc croire? Et pourquoi m'avoir montré si belle
Cette terre qu'un jour devait anéantir?
Si la mort avec toi de pouvoir rivalise,
A la destruction si ton œuvre est promise,
    Si tout périt, pourquoi bâtir?

» Qu'est-ce donc que la vie? Une apparence, un rêve.
Puisque tu prévoyais qu'elle serait si brève,
A quoi bon la créer? Te la demandait-on?
Pourquoi la retirer après l'avoir donnée?
Ah! peut-on sans douleur voir stérile et fanée
    La fleur qu'on a vue en bon ton?

» Mais qui sait si toi-même, en moulant la poussière,
Tu pris au sérieux une ébauche grossière
Où mon orgueil voyait le triomphe de l'art?
Et si ce monde, objet de mon apothéose,
Ne roulait pas aux cieux sans but comme sans cause,
    Fruit du caprice et du hasard?

» Qui sait, mes sens bornés me décevaient peut-être;
L'être à moi se cachait sous l'ombre du paraître!
Le ciel, la terre, Dieu, rien n'existait qu'en moi;
Peut-être, en univers érigeant des atomes,
Pour des réalités prenais-je les fantômes
    De l'ignorance et de l'effroi.

» L'espérance, qui sait? n'est peut-être qu'un piége;
La vue, un miroir faux; et peut-être prenais-je
Pour cause des effets, pour loi des accidents;
Mes principes n'étaient qu'erreur, que rêveries;
Mes vœux, ma foi, mon culte, autant d'idolâtries
    Et de préjugés dégradants.

» S'il en était ainsi, si j'étais la victime
D'une déception... que dis-je, ô Dieu! d'un crime;
S'il fallait renoncer à tout ce que je crois;
Si, pour désennuyer ta grandeur solitaire,
Tu t'étais fait un jeu des malheurs de la terre;
    Si l'égoïsme était ta loi;

» Si, prenant en pitié nos efforts, nos systèmes,
Tu nous avais posé d'insolubles problèmes

Pour te rire de nous dans ton éternité ;
Si, loin d'être un fanal bienfaisant qui nous guide,
L'intelligence était un feu follet perfide
        Pour égarer l'humanité,

» Jouets accusateurs d'un si lâche mécompte,
Les morts, n'en doute pas, pour t'en demander compte,
Les morts se dresseraient dans leur sombre linceul,
Et si le désespoir, l'horreur scellait leur bouche,
Moi, je te maudirais comme un tyran farouche,
        Contre toi dussé-je être seul.

» Non, tu n'as pu commettre une telle imposture ;
Non, tu n'as pas voulu tromper ta créature ;
Que te reviendrait-il d'avoir tant fait souffrir ?
Mais enfin qu'attends-tu pour te faire connaître ?
Viens, parle, réponds-nous : puisqu'on meurt, pourquoi naître ?
        Et puisqu'on naît, pourquoi mourir ? »

Ce cri désespéré dans l'infini s'enfonce,
Il s'y perd, il y meurt sans écho, sans réponse ;
Les deux ombres longtemps prêtent l'oreille en vain,
Dieu demeura muet sur son trône d'airain.

Comme on l'est ici-bas, dédaigneux, égoïstes,

Les morts, en les voyant si profondément tristes,

Sans s'émouvoir des pleurs que toutes deux versaient,

Se demandaient entre eux : Qu'ont-elles? puis passaient.

Le silence régnait profond, inexorable.

Mais, du regard sondant l'ombre incommensurable,

Le dernier homme enfin prit la parole et dit :

« O frère! tu le vois, notre globe est maudit.

» Va, dans nos doutes Dieu se plaît à nous confondre;

» Ne l'interroge plus, il ne veut pas répondre.

» Parlons de la patrie, ami; fais un effort,

» Dis-moi ses premiers jours, je te dirai sa mort. »

―――

« Que pourrais-je te dire, ô frère !

Que tu ne saches comme moi?

N'avons-nous pas, fils de la terre,

Subi tous deux la même loi?

Notre âme intelligente et tendre

Brûlait de tout voir, tout comprendre,

Embrassait tout dans son amour;

Mais la mort nous surprend, nous frappe;

Née à peine, la vie échappe,
Comme la nuit éteint le jour.

» Tout ce que nous aimions, hélas! a cessé d'être;
Nous voulions tout comprendre et n'avons rien compris;
Nous nous perdons encor de peut-être en peut-être;
La mort même, la mort ne nous a rien appris.

» Voilà pourtant ma destinée,
O frère! et c'est la tienne aussi;
Notre âme en vain s'est mutinée,
Dieu l'a voulu lui-même ainsi.
Pleins de ténèbres, d'ignorances,
Nous prenions pour des espérances
Ce qui n'était que des désirs;
Et maintenant que le prestige
Est évanoui, l'on m'inflige
Le supplice des souvenirs!

» Quand la foi m'a quitté, quand le doute me ronge,
Que me demandes-tu? Tu veux qu'à mon réveil,
Fermant les yeux au jour, je refasse le songe
Qui, la nuit, a bercé mon aveugle sommeil?

» Tu veux que, ranimant la cendre
D'un feu mort, et mort pour toujours,
Je te fasse avec moi descendre
Dans l'abîme des anciens jours?
Ton désir est cruel, n'importe!
Le désespoir rend l'âme forte;
Oui, je reviendrai sur mes pas.
Jusqu'au bout subissant l'épreuve,
Et, des temps remontant le fleuve,
Je triompherai du trépas.

» Toutefois n'attends pas une de ces harangues
Où l'art rivalisant avec la vérité...
L'art... que dis-je? Quel art, quelles voix, quelles langues
Ici pourraient atteindre à la réalité?

» Et toi-même, qui veux connaître
Et mes regrets et mes douleurs,
Oui, toi-même, ô frère, peut-être
Ne comprendras-tu pas mes pleurs.
Tu vis la terre en sa vieillesse,
Moi, je l'ai vue en sa jeunesse,

Nos souvenirs sont différents;
Ce que tu pleures je l'ignore,
Et les malheurs que je déplore
Te paraîtraient moins déchirants.

» On parle, est-on compris? On le croit. Triste doute!
La parole est, hélas! un instrument grossier.
Que sert donc de parler? Mais tu le veux, écoute,
Frère, je me résigne, et vais t'initier.

  » Quel réveil lorsque ma paupière
S'ouvrant pour la première fois,
Je vis nager dans la lumière
Les cieux, et les mers et les bois!
Quand, d'une autre bientôt suivie,
La première haleine de vie
Anima mon sein palpitant,
Et que les brises m'apportèrent
Mille parfums qui m'enivrèrent!...
Comment te peindre cet instant?

» Quelle extase! quel trouble! et quels profonds mystères?
L'Esprit de l'univers m'était encor voilé;

Le monde en vain m'offrait ses pompes solitaires,
Tout se taisait... Enfin la nature a parlé !

    » L'éclair a lui, la foudre gronde,
    La nue éclate dans l'éther,
    Des bois la voix lente et profonde
    Roule et gémit au sein de l'air;
    L'océan, fouetté par l'orage,
    Jette un cri terrible et sauvage
    Du fond de ses gouffres mouvants;
    Et ce jour, mon âme agrandie
    Comprit la sombre mélodie
    Des forêts, des flots et des vents.

» Un instant, je crus voir la terre tout entière
S'abîmer sous mes pieds, le ciel crouler sur moi;
Mais, les voyant renaître en leur splendeur première,
Je sentis dans mon cœur renaître aussi la foi.

    » On vous a fait croire sans doute
    Que Dieu, me prenant par la main,
    M'avait lui-même ouvert la route
    Et révélé l'arcane humain;

Que, me jetant nu sur la terre,
Il avait été trop bon père,
Trop juste pour m'abandonner;
On vous l'a dit, erreur immense !
Jusqu'à l'amour et l'espérance,
Il m'a fallu tout deviner.

» Tout, mouvement, parole, vêtement, nourriture :
Quand la faim, quand la soif sont venus m'assaillir,
Seul j'ai cueilli les fruits cachés sous la verdure,
Et nul ne m'a dit : « Bois l'eau que tu vois jaillir. »

» Et quand derrière les montagnes
Le soleil tomba, quand le soir
D'ombres inonda les campagnes,
Quel ne fut pas mon désespoir !
Poursuivi d'images funèbres,
J'errais, perdu dans les ténèbres,
Cherchant en vain quelque clarté ;
La lumière éteinte à sa source,
Je restais plongé sans ressource
Dans l'éternelle obscurité.

» Cette première nuit fut longue, fut terrible!
Et lorsque le sommeil vint clore enfin mes yeux,
Je le bénis, croyant qu'à mes douleurs sensible,
Le néant me rouvrait ses bras silencieux.

  » Juge par là, juge des chutes
  Que je dus faire à chaque pas.
  Que de mécomptes! que de luttes!
  Pour trouver au bout le trépas!
  Mais l'irrévocable me pousse;
  Il faut conquérir pouce à pouce
  Ce sol qui tremble et fuit sous moi;
  Et, tout en domptant la nature,
  Un doute est là, qui me torture :
  Suis-je son esclave ou son roi?

» Je l'ignorais encor, je m'ignorais moi-même;
Les sens à mon esprit n'offraient rien de distinct;
La nécessité seule était ma loi suprême;
En croyant commander, je servais un instinct.

  » Voilà mes débuts dans la vie,
  Et ce que vous nommiez l'âge d'or;

Oui, chaque épreuve était suivie
D'une épreuve plus dure encor.
Dans ma lutte avec la matière,
Lutte implacable, lutte altière,
Tantôt vainqueur, tantôt vaincu,
Tous les jours je faisais ma tâche,
Et j'ai combattu sans relâche,
Aussi longtemps que j'ai vécu.

» J'allais, j'allais toujours de l'effet à la cause,
Trop souvent égaré par de fausses lueurs,
J'allais, et chaque fleur sur mon passage éclose,
Chaque fruit s'inondait de mes tristes sueurs.

» La terre, avare en ma détresse,
Ne me donnait rien sans labeur,
Et j'étais assiégé sans cesse
Par les éléments en fureur.
Il fallait fournir ma carrière
Sans jeter les yeux en arrière
Et sans me reposer jamais;
Étais-je pris de lassitude....
Du besoin la voix sombre et rude
Me criait : « Marche! » et je marchais.

» Mais, s'il était des jours de terreur, de tristesse,
Il en était d'espoir et de félicité,
Où, palpitante en moi d'une ineffable ivresse,
Mon âme ouvrait son sein à l'immortalité !

   » L'enthousiasme sur son aile
   Hors de moi m'emportait, mais où ?
   Savons-nous où va l'étincelle
   Qui jaillit des flancs du caillou ?
   Ainsi mon âme, au choc du monde,
   Des sens brisant la larve immonde,
   S'embrasait d'un céleste feu ;
   Et, dans son vol irrésistible,
   Rêvant l'inconnu, l'impossible,
   Aspirait à se fondre en Dieu.

» J'étais un nouvel être en ces moments sublimes,
L'univers n'était plus un livre clos pour moi.
Du grand tout affrontant les terribles abîmes,
Je dominais la terre ! ô frère ! j'étais roi.

   » Oui, j'étais roi par la pensée,
   Par la douleur, par mes combats ;

Aux lieux hauts mon âme bercée
Secouait le joug des lieux bas ;
Mais ces éclairs d'enthousiasme
S'éteignaient vite, le marasme
Me recouchait dans son linceul ;
Retombé trop tôt sur moi-même,
Je perdais sceptre, diadème,
Et, roi détrôné, j'étais seul.

» Seul! toujours seul!... Sais-tu ce que la solitude
Avait de formidable et ce qu'elle pesait?
Sais-tu quel vide affreux, quelle âpre inquiétude
Rongeait ce cœur à qui nul cœur ne répondait?

» Non, vous ne le sauriez comprendre,
Car chacun de vous à son tour
Eut une mère active et tendre
Qui l'instruisit avec amour ;
Des sœurs, des frères, une épouse
Qui, de la fortune jalouse,
Paraient ou partageaient les coups ;
Des fils virils, de chastes filles
Faisaient l'orgueil de vos familles,
Vous étiez eux, ils étaient vous.

» Moi j'étais le premier, j'étais toute ma race ;
Je n'avais pas d'enfant et je n'eus pas d'aïeul ;
Lorsque d'un autre moi je poursuivais la trace,
A mes cris, à mes pleurs l'écho répondait seul.

 » Et, de la plaine à la montagne,
 J'allais, brûlé d'un sourd désir,
 Cherchant l'invisible compagne
 Que je croyais partout saisir.
 Je l'entendais dans le feuillage,
 Je la voyais dans le nuage
 Me sourire et m'ouvrir ses bras ;
 Mais, quand je m'élançais vers elle,
 Le vent l'emportait sur son aile,
 Et tout fuyait devant mes pas.

» J'avais des désespoirs profonds, inconsolables ;
Je blasphémais, du ciel j'accusais les rigueurs,
Et, rêvant je ne sais quels plaisirs ineffables,
Mon cœur se consumait dans de sombres langueurs.

 » La femme enfin me fut donnée ;
 Ce fut l'aurore d'un beau jour,

Jour heureux où ma destinée
Se transfigura par l'amour.
Je fus aimé, j'aimai, nos âmes
Se fondirent comme deux flammes
Brûlent dans un foyer commun ;
La tâche alors devint moins rude ;
Plus d'ennui, plus de solitude,
On n'était pas deux sans être un.

» Cette double unité doubla mon existence ;
En voyant s'animer son type intérieur,
Mon âme s'éleva de la forme à l'essence ;
Mon être était complet ; je me sentais meilleur.

» C'était comme une autre naissance ;
Pour moi tout prit un sens nouveau,
A ma soudaine clairvoyance
L'univers apparut plus beau.
Tous les brouillards s'évanouirent,
Tous les mystères s'éclaircirent,
J'embrassai, je pénétrai tout ;
Car l'esprit réduit à lui-même
Se perd de problème en problème ;
C'est le cœur seul qui les résout.

» Je sentais s'éveiller des facultés nouvelles ;

L'homme fort succédait au faible adolescent ;

Et, comme sur son nid l'aigle étend ses deux ailes,

J'étendais sur la femme un bras fort et puissant.

    » J'étais son maître et son esclave ;

    En la domptant, j'étais dompté ;

    J'aimais à courber mon front grave

    Sous le joug qu'elle avait porté.

    Sa force était dans sa faiblesse,

    Moi j'étais faible par tendresse,

    Par tendresse aussi j'étais fort ;

    Ne fallait-il pas de sa tête

    Détourner la main toujours prête

    A lancer le mal et la mort.

» A la force, la grâce en nous s'était unie.

Comme deux harpes sœurs vibrent à l'unisson,

Nos cœurs, sainte union ! ravissante harmonie !

Sous le doigt de l'amour rendaient un même son.

    » Même aujourd'hui pourquoi le taire ?

    Perdu dans le peuple des morts,

Je ne regrette de la terre

Que l'heure des premiers transports.

Elle fut courte, mais sublime,

Et mon cœur glacé se ranime

Au souvenir de ce beau jour;

Des siècles, des siècles sans nombre

En vain l'ont plongé dans leur ombre;

Il n'est pas d'oubli pour l'amour.

» Car l'amour est la loi des êtres et des mondes.

En nos cœurs comme aux cieux Dieu même la scella;

Tout se meut et tout vit par ses vertus fécondes;

Et ce fut la beauté qui me la révéla.

» Beauté, dans la femme incarnée,

Dernier penser du Créateur,

Oui, par lui tu fus destinée

A nous révéler ton auteur!

Splendeur du vrai, beauté sacrée,

Avant de t'avoir adorée

Le cœur n'est qu'un foyer sans feu;

O beauté! c'est toi qui l'embrases,

Et qui d'extases en extases,

De l'homme enivré fais un dieu!

» La femme à mes côtés voltigeait comme un ange ;
Tout mon être vers elle, éperdu, hors de soi,
S'élançait ; et, plongé dans un délire étrange,
Je m'absorbais en elle en l'absorbant en moi.

    » J'étais heureux ; pourtant mon âme
    Fut prise alors d'un vague effroi,
    Dans l'avenir je vis la femme,
    De la terre asservir le roi.
    Ah ! lui dis-je, tu seras reine,
    Et l'homme bénira sa chaîne ;
    Sous tes pieds il plîra son front.
    Que de combats ! que de tempêtes !
    Et par toi que de nobles têtes
    Dans le vertige se perdront !

» Moi-même, de la chair subissant la magie,
Je faillis abdiquer ma jeune royauté,
Et du sexe viril démentir l'énergie,
Aux bras de la mollesse et de la volupté.

    » Je faillis déserter la tâche
    Dont l'existence était le prix,

Et, m'endormant d'un sommeil lâche,
Tomber sous mon propre mépris.
Je m'énervais dans les délices;
Je passais par tous les caprices
De la folie et du plaisir;
M'abusant, m'oubliant moi-même,
Je prenais pour la loi suprême
L'appétit grossier du désir.

» Oh! c'est qu'aussi la femme était irrésistible!
Tout en elle était doux, tendre, mystérieux;
Son regard m'emportait dans le monde invisible;
Son sourire m'ouvrait et me fermait les cieux.

» Vaincu par ses grâces divines,
Je la protégeais à genoux;
Je gardais pour moi les épines,
Rien n'était pour elle assez doux.
Mais l'amour vrai craint les surprises;
Jaloux de tout, même des brises
Qui jouaient dans ses cheveux d'or,
Des forêts je cherchais les ombres,
Et dans les forêts les plus sombres
J'ensevelissais mon trésor.

» Et cependant toujours, même aux heures d'ivresse,
Quelque chose manquait à ma félicité;
Les transports les plus vifs engendraient la tristesse;
La puissance trompait en moi la volonté.

» En voyant la femme si belle,
Loin de fuir de trop doux périls,
Je rêvais, pour me fondre en elle,
Des sens nouveaux et plus subtils.
Captif dans ma débile écorce,
Je déifiais dans la force
L'apanage de l'infini,
Et, dans ma poursuite insensée,
J'éternisais dans ma pensée
L'instant ineffable et béni.

» Mais, plus je me livrais aux voluptés profanes,
Du néant de la chair plus j'étais convaincu;
Gourmandé par l'esprit, trahi par les organes,
Sur moi-même toujours je retombais vaincu.

» Hélas! je sentais ma limite,
Je subissais les lois du corps.

Le feu des sens s'éteint si vite !
Pour cendre il laisse le remords.
Dieu par l'esprit, par la matière
L'homme est enfant de la poussière,
Vassal du monde inférieur.
Par quel caprice, ô Providence !
Si bien doué pour la souffrance,
L'est-on si mal pour le bonheur ?

» Mais, de mon âme, enfin, je ressaisis les rênes.
M'élevant par degrés à l'amour idéal,
Je compris que de Dieu les lois sont souveraines,
Et que les transgresser c'était créer le mal.

» Non, la fièvre n'est pas la vie,
La passion n'est pas l'amour ;
De langueur la fièvre est suivie,
La passion ne luit qu'un jour.
L'amour est fort, l'amour est calme ;
Du martyre il poursuit la palme,
Il n'est heureux qu'en s'immolant ;
Seul, il survit lorsque tout passe,
Et, comme Dieu même, il embrasse
L'univers dans son sein brûlant.

» Tel est de l'amour vrai l'auguste caractère ;
L'homme, par lui, s'élève à la divinité ;
Par l'autre il se dégrade, et, vaincu volontaire,
Tombe, de chute en chute, à l'animalité.

» Je fus père, je sentis naître
Un nouvel amour dans mon cœur.
En revivant dans un autre être,
J'étais à mon tour créateur.
Rival de Dieu, presque dieu même,
Cette rivalité suprême
Légitimait ma royauté,
Et, calmant l'ivresse effrénée,
Ennoblissait ma destinée,
Sanctifiait la volupté.

» Ainsi que moi, formé d'esprit et de matière,
Le nouveau-né scellait mon immortalité ;
Je voyais vivre en lui ma race tout entière ;
C'était plus que mon fils, c'était l'humanité.

» Oh ! quelle ardente inquiétude
M'inspirèrent ses premiers cris !

Et dans quelle béatitude
Me plongea son premier souris!
Sous son enveloppe encor tendre
Nous aimions tous deux à surprendre
Les secrets de son âme en fleur,
A voir de ses grands yeux candides
Rayonner les éclairs splendides
De l'espérance et du bonheur.

» Il était si charmant lorsque sa tête blonde
Dans le sein maternel s'allait réfugier!
Et pourtant, qui l'eût dit? ce premier né du monde,
Cet enfant de l'amour était un meurtrier!...

» Aveuglé par la jalousie,
De fiel il se laissa nourrir,
Et, dans sa sombre frénésie,
Haït ce qu'il fallait chérir.
Dieu, pour compagnon sur la terre,
Dans sa bonté lui donne un frère,
Ce frère expire sous ses coups!
Eh quoi! du fils de mes entrailles
Devais-je voir les funérailles?
Devait-il partir avant nous?

» O crime! c'est ainsi que sous la main de l'homme
Pour la première fois le sang humain coula;
Cette mort, qu'au ciel même avec terreur on nomme,
C'est ainsi qu'à la terre elle se révéla.

    » Quel désespoir! Quel vide immense!
Je perdais deux fils à la fois.
De ce jour, hélas! l'existence
Sur moi pesa de tout son poids.
Mes nuits, en proie à l'insomnie,
Se consumaient dans l'agonie
De la douleur et de l'effroi;
Je ne voyais qu'ombres funèbres;
Et la mort, peuplant les ténèbres,
Était là, toujours devant moi.

» Prévoyant pour les miens une épreuve sans terme,
Dans la sombre pitié dont j'étais pris pour eux,
J'aurais voulu d'un coup étouffer dans leur germe,
O Dieu! pardonne-moi! ces êtres malheureux.

    » Perçant l'obscur lointain des âges
Je devinais l'humanité,

Et les plus sinistres présages
Frappaient mon cœur épouvanté.
Ce monde, qu'envahit la haine,
N'est plus à mes yeux qu'une arène
Où l'on naît et meurt dans le sang ;
A la force appartient l'empire ;
Le lot du juste est le martyre ;
Le crime heureux est tout-puissant.

» Drapé dans sa paresse et dans ses vains systèmes,
L'orgueil usurpe et dit : « Je suis dieu ! » Les mortels,
Comme un bétail docile et sans nom, vont d'eux-mêmes
S'offrir en holocauste au pied de ses autels.

» L'un a semé, l'autre moissonne ;
Chaque être humain qui vient au jour
Sur ses ancêtres se façonne ;
L'homme trompé trompe à son tour ;
Le crime ainsi se perpétue ;
Le père a tué, le fils tue ;
L'abus fait loi, le droit périt,
Et la victime qu'on immole
Courbe la tête et se console
En répétant : « C'était écrit ! »

» Ce n'était pas écrit. Non, c'est l'oppresseur même
Qui, pour légitimer son sceptre usurpateur,
Ose ériger en culte un si lâche blasphème ;
Non, rien n'était écrit, rien, sinon le bonheur.

» O Caïn ! voilà ton ouvrage !
C'est toi qui, déchaînant la mort,
Sur cette terre de carnage
Inauguras la loi du fort.
Contre le frère armant le frère,
Avec le meurtre, avec la guerre,
Tu leur léguas tous les fléaux ;
Sur ton nom pèse l'anathème :
Dieu t'a maudit, et les morts même
Te maudissent dans leurs tombeaux.

» J'atteignis tristement une vieillesse austère ;
Les biens qui me restaient ne me consolaient pas
Des maux qui menaçaient ma race sur la terre ;
La foi dans l'avenir n'appuyait plus mes pas.

» On vous l'a dit, de la science
J'avais cueilli le fruit amer ;

Triste et fatale expérience,
Que tes leçons m'ont coûté cher !
A des épreuves si sévères
Qui n'eût préféré les chimères
De l'ignorance et de l'erreur?
L'illusion a tant de charmes !
La réalité vit de larmes,
Elle brise ou durcit le cœur.

» Mais tout entier, en moi, de l'existence humaine
Le tour mystérieux devait s'exécuter.
Terreur, lutte, espérance, amour, bonheur et peine,
Je devais tout connaître avant de tout quitter.

» A l'horizon dressant la tête
Comme un fantôme vaporeux,
La mort surgit, mon sang s'arrête
A son aspect cadavéreux :
Son doigt muet me fait un signe;
Il faut partir!... Je me résigne ;
Adieu, nature! adieu, soleil!
Aucun des miens ne m'accompagne;
Seul je m'assieds sur la montagne,
Et j'attends mon dernier sommeil.

» Alors il se passa quelque chose d'étrange,
Et de Dieu s'accomplit je ne sais quel dessein :
Je vis ou je crus voir l'innombrable phalange
Des générations qui germaient dans mon sein.

  » Je les vis comme à la lumière
  Chacune a dû naître à son tour ;
  Ma postérité tout entière
  S'incarnait là dans un seul jour.
  L'une dans l'autre entrelacées,
  Ces multitudes entassées
  Du soleil voilaient les splendeurs,
  Et mon œil avec épouvante
  De cette immensité vivante
  Sondait les sombres profondeurs.

» Toutes les nations, tous les rangs, tous les âges,
Le monarque superbe et l'esclave éperdu,
Les vieillards, les enfants, les héros et les sages,
Dans ce moment sans nom, tout était confondu.

  » Ces fiancés de l'existence
  Étaient mornes, silencieux ;

Les stygmates de la souffrance
Sillonnaient leurs traits soucieux.
Je me sentais froid sous leur ombre ;
Ils me tenaient sous leur œil sombre
Comme un coupable en interdit ;
Et j'entendais sur mon front blême
Tomber ce terrible anathème :
» Père des humains, sois maudit ! »

» O frère ! c'est ainsi que je quittai la terre.
Je n'ai fait que changer et de rêve et de lieu ;
Depuis ce faux reveil, voyageur solitaire,
J'erre de ciel en ciel et je cherche en vain Dieu. »

A ces mots prononcés d'une voix sourde et basse,
Il se tait. Ses sanglots éclatent dans l'espace.
Longtemps contre ses pleurs il s'était défendu,
En perdant l'espérance il avait tout perdu.
Il sonde l'infini d'un regard de détresse,
Et, se voyant déçu dans sa foi, sa tendresse,

Frustré de l'avenir dont il s'était bercé,
Il succombe éperdu sous le faix du passé.

» Que l'œuvre de douleur jusqu'au bout se consomme,
O frère! écoute-moi, répond le dernier homme.
Ton désespoir est grand; qu'est-il auprès du mien?
Tu croyais tout savoir, tu ne sais encor rien.
Eh! pourquoi donc ces pleurs? Si tu veux en répandre,
Attends du moins, attends ce que tu vas apprendre.
Ou plutôt soyons forts, défions les destins;
Dissimulons les coups dont nos cœurs sont atteints;
Cachons-les, nions-les, et, souffrant en silence,
Montrons-nous tous les deux plus grands que la souffrance,
Plus même que ce Dieu qui nous a tant frappés,
Et faisons-le rougir de nous avoir trompés.

» Quand tu vins sur la terre, elle était vierge encore,
Et toi-même, semblable à l'enfant qui s'ignore,
Tu ne connaissais rien du monde, rien de toi.
Tu jouissais du fait sans rechercher la loi;
Pour la réalité tu prenais l'apparence,
Et tu te consolais de tout par l'espérance.
Ah! frère, c'était là, crois-moi, tout le bonheur :
Le ver est dans le fruit, l'épine est sous la fleur.

Pourquoi donc nous avoir infligé la science ?
De l'âme éternisant la bienheureuse enfance,
Tu pouvais de chaque homme, ô Dieu ! faire un élu,
Tu le pouvais, pourquoi ne l'as-tu pas voulu ?
As-tu craint, Dieu jaloux, qu'il fût trop doux de vivre !
Heureux l'oiseau des bois ! à l'instinct il se livre ;
Il s'enivre au soleil du parfum des beaux jours ;
Volant de fleurs en fleurs, et d'amours en amours,
Il s'endort en chantant, en chantant il s'éveille ;
Il se charme lui-même en charmant notre oreille ;
Il ne sait pas, il sent, il est heureux, et nous,
Nous pensons, nous savons, et nous gémissons tous.

» Mais le temps est passé des regrets et des plaintes ;
En nous glaçant tous deux de ses froides étreintes,
La mort a dans son germe éteint l'humanité
Et triomphe de nous avec impunité.

» Le monde était bien vieux quand mon tour vint de naître.
A force de penser, de chercher, de connaître,
Au faite du savoir l'homme était parvenu.
Vous, frère, vous aviez devant vous l'inconnu.
L'inconnu !... ce grand mot, si fécond en prodiges,
Sur la création répandait ses prestiges,

De la vie à vos yeux cachait les trahisons,
Vous ouvrait d'éclatants, d'immenses horizons ; .
Il enchantait vos jours, il ravissait vos veilles ;
Le cœur brûlant d'amour, l'esprit plein de merveilles,
Au pied de chaque autel fléchissant le genou,
Vous alliez sans savoir et sans demander où ;
Mais vous alliez toujours ; les mécomptes, le doute,
N'avaient pas devant vous désenchanté la route ;
L'espérance et la foi soutenaient votre essor,
Rien n'avait jusque-là déçu vos rêves d'or.

» Nous, frère, prévoyant, calculant tout d'avance,
Nous ne reconnaissions plus qu'un Dieu, la science ;
Et le monde, conquis par elle et dévasté,
Avait perdu sa grâce et sa virginité.
Mais enfin nous savions ; initiés aux causes,
Nous avions pénétré le sens caché des choses.
La nature, il est vrai, résista bien longtemps,
Et les hommes — alors ils s'appelaient Titans —
Dans leur lutte acharnée, implacable avec elle,
Avant que de briser sa sauvage tutelle,
Avaient été vaincus, écrasés mille fois,
Et sur eux elle avait pesé de tout son poids.

Les éléments vainqueurs sont les tyrans du globe;
En vain l'orgueil humain à leur joug se dérobe,
Libre par la pensée, esclave par les sens,
Il s'épuise en désirs, en efforts impuissants.

» L'homme enfin triompha; vainqueur de la matière,
Il imposa son joug à cette esclave altière,
Qui, vaincue à son tour et réduite au devoir,
Du maître, en frémissant, accepta le pouvoir.
Il fallut pour cela bien des siècles de luttes;
Mais les siècles pour nous que sont-ils? Des minutes;
Et, lorsqu'un résultat est une fois acquis,
Qu'importe s'il fut vite ou lentement conquis?
Dans l'espace et le temps, une de nos journées
Valait et comptait plus que dix de vos années.
On vivait en une heure un siècle par l'esprit;
Car vivre c'est comprendre; et plus l'homme comprit,
Plus il développa ses instincts, ses organes,
De la création pénétra les arcanes,
Plus aussi l'horizon devant lui s'étendit,
Et plus sur l'univers sa royauté grandit.

» Les monts dressaient en vain leurs formidables cimes,
La terre en vain creusait ses ténébreux abîmes,

En vain la mer grondait dans ses gouffres mouvants,
Et dans l'espace en vain se déchaînaient les vents;
Les vents, les mers, les monts, et toute la nature
Étaient les instruments de notre dictature.
Tout nous obéissait, tout nous payait tribut;
Tout, en esclave, tout marchait au même but;
Car le sceptre du monde est à l'intelligence.
Par le calcul humain les vents réglés d'avance,
Et par nous convertis en force, en mouvements,
Jusque dans leur fureur soufflaient docilement.
Lisant, à livre ouvert, le secret des étoiles,
Sur les mers, d'un vol sûr, se promenaient nos voiles.
Par elles rapprochés, mille peuples nouveaux
Se parlaient à travers l'immensité des eaux.
D'un continent à l'autre annulant la distance,
Des nations ainsi décuplant l'existence,
Un élément terrible, en nos mains tout-puissant,
Le feu rendait pour nous le flot obéissant,
Nous emportait si vite et si loin que l'espace,
En quelques pas franchi, manquait à notre audace.
Nous ne reconnaissions plus d'obstacles : les monts
Abaissaient sous nos pieds leurs gigantesques fronts;
Des ponts aériens enjambaient les vallées;
Les entrailles du globe, à vos regards célées,

Avaient pour nous ouvert, épanché leurs trésors,

Leurs secrets et payé mille fois nos efforts;

On déchirait ses flancs à force de machines,

Les métaux précieux sortaient du fond des mines.

De la sombre misère à jamais affranchis,

Nous avions pour maisons des palais enrichis

Des marbres les plus fins, de splendides étoffes.

Prêchée en d'autres temps par de faux philosophes,

La pâle austérité ne nous imposait plus;

Ses martyrs trop longtemps s'étaient pris pour élus;

Étouffant le désir, tronquant la jouissance,

L'austérité n'était au fond que l'impuissance.

De la création l'homme n'était le roi

Que pour donner à tout sa forme, son emploi;

Que pour régner sur tout, tout gouverner en maître;

Que pour s'assujettir, s'assimiler chaque être :

Depuis l'hôte des mers jusqu'à l'oiseau du ciel,

A quelque rang qu'il fût dans l'ordre universel,

Nous servir et nous plaire était sa fin suprême;

Et la plante et la pierre et jusqu'à l'air lui-même,

Au caprice de l'homme, à ses besoins pliés,

Eux-mêmes à son œuvre étaient associés.

» Cette union intime était pour la matière

Une création nouvelle et plus entière :
Tout ce qui jusqu'alors en elle sommeillait
Au choc de la pensée à la fois s'éveillait :
La pierre était plus dure et plus étincelante ;
De nouvelles vertus paraissaient dans la plante ;
Fécondant, combinant les germes primitifs,
On créait d'autres fleurs, des parfums plus actifs,
Des couleurs dont l'éclat éclipsait les anciennes ;
Semblables, dans leur œuvre, à des magiciennes,
Les sciences changeaient en printemps les hivers,
Et leur baguette d'or transformait l'univers,
Convertissait en bois les rochers des montagnes,
Des champs de sable aride en fertiles campagnes,
Des torrents destructeurs en chemins qui marchaient,
Et, par enchantement, des lacs se desséchaient.
Aux déserts succédaient des cités florissantes,
Immense ruche humaine, où, de ses mains puissantes,
L'industrie à son gré pétrissait le métal,
Multipliait le jour dans les feux du cristal,
Et, pour s'en mieux jouer, se créant des obstacles,
Rivale de Dieu même opérait des miracles.
Que te dirai-je enfin ? Tout nous était soumis ;
L'homme, partout vainqueur, n'avait plus d'ennemis,
Sans lutte, sans combats, libre d'inquiétude,

Exerçait du pouvoir toute la plénitude,
Et son regret unique était de ne trouver
Plus rien sur terre à vaincre et plus rien à rêver.

» Des progrès accomplis fier jusqu'à la démence,
Son audace est sans borne et son essor immense :
Comme autrefois sur l'onde, il vogue au sein des airs,
Dans les flots de la nue il surprend les éclairs,
Il désarme, il éteint le tonnerre à sa source,
Il suit, d'un vol ardent, l'ouragan dans sa course ;
Comme l'aigle, il parcourt les vastes champs des cieux...
Et le globe à ses pieds rampait silencieux.

» Voilà ce que j'ai vu ; voilà comment la terre
S'était transfigurée ; et qui de vous, ô frère !
Lorsque le globe enfant jetait ses premiers cris,
Alors qu'à peine au jour s'ouvraient vos yeux surpris,
Qui de vous, prévoyant les effets par les causes,
Aurait prophétisé tant de métamorphoses ?
Qui de vous l'aurait pu ? Mais voici le revers :
L'ordre matériel régnait dans l'univers ;
Le désordre moral se mit dans l'âme humaine.
Lorsqu'après tant d'efforts elle fut libre et reine,

Lorsqu'elle n'eut plus rien à combattre, à souffrir,
Plus rien à désirer, plus rien à conquérir,
Oisive, elle tomba tristement sur soi-même,
Trouva lourd, écrasant le poids du diadème,
Et, ne sachant quel but donner à son loisir,
Elle n'eut désormais qu'un seul dieu, le plaisir,
Le plaisir effréné, le plaisir impossible.
Pris pour ce nouveau dieu d'une ardeur indicible,
L'homme sur ses autels brûle tout son encens,
Et, pour le mieux servir, invente d'autres sens.
Tout, dès lors, sa raison, son pouvoir, sa science,
Sa puissance d'aimer, sa rude expérience,
Tout, en un mot, oui, tout, le bien comme le mal,
Tout fut esclave en lui de l'instinct animal.
Il n'avait plus qu'un rêve, une pensée unique,
Jouir, rien que jouir.... passion tyrannique,
Inextinguible soif, qui ne s'étanche plus,
Une fois allumée en des cœurs corrompus.

» Vous dont la vie était simple, frugale, austère,
Qui, satisfaits des fruits que vous donnait la terre,
Et, disposant de tout avec sobriété,
Vous trouviez opulents dans votre pauvreté,

Qui nous avez laissé tout créer, tout apprendre,
Vous, nos frères aînés, vous ne sauriez comprendre
A quel excès de luxe et de raffinement
Nous avions porté tout, et table et vêtement.
Nos caprices sans fin épuisaient la nature,
Qui, pour nous, n'était plus qu'une immense pâture.
Fol orgueil! rien ne semble assez riche, assez beau
Pour qui demain n'aura besoin que d'un tombeau.
Il fallait bien parer cette idole fragile,
Sous la pourpre et sous l'or dissimuler l'argile.
Vous alliez, vous, vêtus de feuillage et de peaux;
Filer, teindre à son gré la toison des troupeaux,
Tisser la plante même au métier des fabriques,
Tirer d'un ver abject la soie aux feux magiques,
Unir ces éléments dispersés au hasard,
En former à l'envi des parures où l'art,
Surpassant la nature, éclatait en prodiges,
Et des corps les plus beaux redoublait les prestiges :
C'était là des secrets pour nous restés voilés,
Que l'étude et le temps nous avaient révélés.

» Quelle recherche en tout! quelle magnificence!
On avait, pour séduire, inventé l'élégance,

Cette beauté factice où l'œil blasé se prend,

Et qui se glisse au cœur comme un feu pénétrant.

Il ne suffisait plus aux femmes d'être belles,

Elles devaient s'orner pour nous paraître telles.

Pour frapper nos esprits, pour réveiller nos sens,

A force de jouir, devenus languissants,

Il fallait leur offrir des spectacles étranges,

Évoquer à la fois les démons et les anges.

La beauté sans apprêt n'était pas la beauté ;

On n'était plus séduit que par la nouveauté.

Cette éphémère idole est la seule qui règne.

Changer, changer toujours !... On repousse, on dédaigne

Les plaisirs les plus vifs s'ils ont un lendemain.

Nul ne passe deux fois dans le même chemin.

Comme on ne trouve au bout de tout que lassitude,

Ce que l'on craint le plus au monde est l'habitude.

» Mais que faire ? comment tromper nos longs ennuis ?

Comment remplir les jours ? comment remplir les nuits ?

Pour user, pour tuer un reste d'énergie,

On se précipita dans les bras de l'orgie.

Pour l'homme ici commence une époque sans nom.

Dois-je offrir à tes yeux cet impur tableau ?... Non,

17.

Non, je ne voudrais pas contrister ton oreille,

Frère, par le récit d'une chute pareille;

Je ne te voudrais pas montrer tes descendants

Esclaves tout entiers de plaisirs dégradants,

Se noyant dans le vin, avilissant les femmes,

S'énervant, s'épuisant en débauches infâmes.

Et d'ailleurs, toi, si pur, si sage en tes désirs,

Tu ne comprendrais point de semblables plaisirs;

Tu ne saurais comment t'expliquer ce délire;

Comment, ayant sur tout étendu son empire,

L'homme alors sur lui-même avait régné si mal

Qu'il était descendu plus bas que l'animal;

Comment, après avoir subjugué la matière,

Et fait payer tribut à la nature entière,

Dans sa propre victoire il s'était perverti,

Et comment sans pudeur il s'était démenti.

Plongé dans les bas-fonds des voluptés charnelles,

Éteignant dans son cœur les clartés éternelles,

Au bien, au beau faisant un éternel adieu,

En cherchant le plaisir, l'homme avait perdu Dieu.

» Nos nuits se consumaient en festins, et l'aurore

Au milieu des festins nous retrouvait encore,

Car on buvait sans soif et l'on mangeait sans faim.

Pour nos palais blasés rien n'était assez fin.

Manger était un art, une science immonde

Et barbare pour qui rien n'était saint au monde,

Qui, sur le globe entier, sans pitié, sans remord,

Portait incessamment le ravage, la mort,

Et qui, pour satisfaire un caprice éphémère,

Eût égorgé l'enfant dans le sein de la mère.

Un appétit, déçu dans sa voracité,

Tourne facilement à la férocité,

La tempérance même était insatiable.

Que ne fallait-il pas sur la plus pauvre table !

Depuis l'oiseau joyeux abattu dans son vol

Jusqu'au mollusque épais qui rampait sous le sol,

Tout ce qui végétait et vivait sur la terre,

Et dans l'air et dans l'onde, errant ou sédentaire,

Animaux, végétaux et jusqu'au minéral,

Tout, dévoué, sans grâce, au meurtre général,

Tout tombait sous les coups du terrible anathème ;

L'ange exterminateur était vaincu lui-même,

Et tout, sous mille aspects, transformé, préparé,

Tout par l'homme à l'instant, tout était dévoré.

» Ainsi la mort de l'un de l'autre était la vie.

A cette loi de sang elle-même asservie,

Et tuant pour ne point périr, l'humanité

Accomplissait l'arrêt de la fatalité.

» Faisant au beau moral blessure sur blessure,

Aux excès de la table on joignait la luxure.

Adieu, transports naïfs, pudeur des premiers jours !

On n'attachait de prix qu'aux vénales amours ;

Car l'or, en corrompant les cœurs par l'avarice,

Les formait, les pliait au gré de son caprice.

Les bons instincts, en germe, étaient tous étouffés.

Les instincts les plus bas, l'un sur l'autre greffés,

Étroitement unis se prêtaient assistance

Pour vaincre tout scrupule et toute résistance.

Les femmes,—triste aveu !—ces êtres doux, charmants,

N'étaient plus en nos mains que d'impurs instruments.

Beauté, jeunesse, rien n'était sacré ; le vice

Enrôlait tout sans peine à son hideux service.

L'homme, embrasé dès lors d'une infernale ardeur,

Mit dans cet art abject toute sa profondeur,

Inventa chaque jour des voluptés plus viles,

Et chaque jour trouva des femmes plus serviles.

Elles-mêmes, pour plaire, inventaient à leur tour

Des profanations qui révoltaient l'amour ;

Elles rivalisaient entre elles de souillures ;
La richesse et la gloire étaient aux plus impures ;
Enfin, l'excès du mal était illimité
Sous ce règne effrayant de la lubricité.

» Mais la lubricité lassa comme le reste ;
Car le vice, à son tour, s'use aux cœurs qu'il infeste.
Il nous fallut alors chercher un nouveau dieu ;
Il ne nous en restait plus qu'un, un seul... le jeu.
Le jeu, combat muet, lutte sourde, acharnée,
Engagée, à toute heure, avec la destinée ;
Audacieux défi du calcul au hasard,
Où, dans l'ordre invisible on plonge le regard ;
Duel où pour épée on s'arme d'une carte.
Dès que du droit sentier une fois on s'écarte,
Et que, de l'avenir convoitant le secret,
On le prétend forcer d'un coup d'œil indiscret,
Il n'est pas de chimère, il n'est pas de vain songe
Dont l'homme en vérité n'érige le mensonge ;
Pas d'espoir imposteur qui ne soit bienvenu.
Rien ne peut étancher la soif de l'inconnu.
Voilà ce qu'est le jeu pour les âmes blasées.
Des flots d'or ruisselaient sous nos mains embrasées ;

Mais ce n'était pas l'or pour qui battait nos cœurs.

Qu'on fût dans le combat ou vaincus ou vainqueurs,

C'était l'émotion qu'on cherchait dans la lutte.

On donnait tout pour vivre une heure... une minute !

Assis, toutes les nuits, autour du tapis vert,

Sur la carte de feu l'œil ardemment ouvert,

On nous voyait, saisis d'une fureur commune,

Acharnés tous ensemble à dompter la fortune,

Affronter, sans pâlir, la perte ou le bonheur,

Et risquer sur un coup tout, jusqu'à notre honneur.

Chacun, loin de les plaindre, enviait les victimes :

En se voyant rouler dans le sein des abîmes,

Quelles émotions n'éprouvaient-elles pas,

Qu'au fond les attendît la honte et le trépas !

» Eh ! si l'on a vécu, qu'importe que l'on meure !

C'est le temps perdu seul qu'on regrette et qu'on pleure.

Pour consolation, au moment de finir,

Un jour bien rempli laisse au moins un souvenir.

Mais que laisse après elle une existence vide ?

Quand la mort sur un cœur pose sa main livide,

Si ce cœur n'a jamais battu, même en saignant,

Il ne fait que changer de mort en s'éteignant.

Mourez donc, glacez-vous, avant que tout vous quitte,
Tant qu'une fibre en vous reste encor qui palpite,
Oui, mourez tout à fait, cœurs blasés, cœurs déçus,
Mourez, quand la jeunesse en vous ne vibre plus;
Car mieux vaut une mort absolue, éternelle,
Que cette demi-vie, où l'on va traînant l'aile...
Mais que dis-je?... J'oublie, en songeant au passé,
Que tout cœur d'homme, ô frère! est à jamais glacé;
Que la mort dès longtemps a dépeuplé la terre,
Qui roule on ne sait où, muette et solitaire.

» Ainsi le jeu, l'amour, les festins, les plaisirs,
Rien n'avait pu de l'homme absorber les loisirs.
Un effroyable ennui saisit la race humaine;
Un vent lourd, énervant, sur elle se promène,
Abat ce qui dans l'âme était resté debout,
Et, détrempant les cœurs, souffle en eux le dégoût;
Le dégoût, mal nouveau, mal profond, sans remède,
Mal incurable à qui nul art ne vient en aide.
Comment rendre la vie à des sens épuisés?
Tous les raffinements du vice étaient usés.
Sans chaleur désormais, sans force pour l'orgie,
Du mal même on avait perdu l'âpre énergie.

Tout périssait en nous, jusqu'à la volonté,
Ce rayon immortel de la divinité.
Que nous avaient servi nos arts et nos sciences,
Et nos rudes combats et nos longues souffrances?
Que nous avait servi de voir les cieux ouverts,
D'avoir conquis le monde et compris l'univers?
L'intelligence même était en nous éteinte;
La nuit voilait nos yeux, et, dans sa source atteinte,
De jour en jour la vie allait s'appauvrissant;
Les germes de la mort infectaient notre sang.

» A la stérilité les femmes condamnées,
Comme de vains jouets, par l'homme abandonnées,
Faisaient, pour plaire encor, des efforts superflus,
Leurs charmes languissants ne nous émouvaient plus;
L'excès immodéré de toute jouissance,
O frère! avait frappé tes enfants d'impuissance;
Nul ne désirait même avoir des héritiers,
Et, sans se reproduire, ils mouraient tout entiers.
Ils mouraient avec joie. A quoi bon se survivre,
Quand on n'a plus de but ou de rêve à poursuivre?
Des descendants!... à nous!... Pourquoi? Pour leur léguer
Des âmes et des corps que tout doit fatiguer!

Des cœurs blasés, éteints, même avant que de naître !

Ah ! mieux vaut, à ce prix, ne pas leur donner l'être.

Oui, mieux vaut mille fois, aux plis du froid linceul,

Lorsque l'heure a sonné, mieux vaut se coucher seul ;

Car on n'entraîne ainsi personne dans le gouffre,

Et personne après nous ne blasphème et ne souffre.

» Alors que nous mourions, les loups et les corbeaux

Nous accompagnaient seuls, seuls gardaient nos tombeaux.

On accueillait la mort sans trouble, sans alarmes.

Au chevet des mourants nul ne versait des larmes.

On voyait expirer, d'un œil indifférent,

Ce qu'on aimait naguère, époux, ami, parent.

Les morts étaient l'objet de la commune envie,

Tant ceux qui demeuraient étaient las de la vie.

Résignés, sans murmure, au mal qui les tuait,

Les uns étaient saisis d'un désespoir muet :

On les voyait de loin errer comme des ombres ;

Recherchant les déserts, les forêts les plus sombres,

Ils laissaient échapper des soupirs douloureux ;

La pâleur inondait leurs traits cadavéreux ;

Au gré de leurs douleurs la mort était trop lente.

On trouvait dans les bois leur dépouille sanglante,

Sans qu'un ami fût là prêt à les secourir.
Ainsi les vieux lions se cachent pour mourir.
D'autres, se cramponnant aux débris du naufrage,
En face de la mort poussaient des cris de rage;
Et, se voyant déçus, trahis dans tous leurs vœux,
D'un bras désespéré s'arrachaient les cheveux.
Ne sachant avec qui régler leurs derniers comptes,
Ils s'accusaient entre eux de leurs tristes mécomptes.
Au moment de franchir le formidable pas,
Ils se basphémaient seuls, et n'avaient même pas
La consolation, si du moins c'en est une,
De rejeter sur Dieu leur immense infortune.

» Est-ce sa faute, à lui, si nous n'avons pas su
Garder mieux le trésor que nous avions reçu?
Si nous avons tourné contre nous ses dons même?
Tout mauvais laboureur s'en prend au bras qui sème.
D'un travail assidu s'ils n'étaient pas aidés,
Les germes les meilleurs seraient-ils fécondés?
Entre nos facultés Dieu voulait l'harmonie;
Il nous avait donné la raison, le génie;
A ces augustes dons il avait ajouté
Un don plus précieux encor, la liberté.

Le devoir et le droit de l'homme créé libre
Étaient de maintenir lui-même l'équilibre
Entre les sens, toujours prêts à se révolter,
Et l'esprit, maître altier, qui devait les dompter.
Or donc, en abdiquant la plus sainte des tâches,
L'homme avait mérité le châtiment des lâches.

» La mort frappait toujours. Sous ses terribles coups,
Tombant par millions, les hommes mouraient tous.
Décimés en un jour plus que par cent massacres,
Les peuples n'étaient plus que de vains simulacres ;
Les herbes du désert croissaient dans les cités ;
Les travaux à la fois étaient tous arrêtés.
Fabriques et palais s'écroulaient dans les rues ;
Sur le bord des sillons pourrissaient les charrues ;
Les vaisseaux démâtés dans les ports, les chantiers,
Et les tissus de prix sur le fer des métiers.
Ainsi mourait le fruit de toutes nos fatigues.
Les fleuves n'étaient plus enchaînés par leurs digues,
Ils coulaient au hasard, débordaient en tous sens,
Noyaient, ravageaient tout, et des lacs croupissants,
Empoisonnant les airs de vapeurs homicides,
Changeaient au loin leurs bords en mornes thébaïdes.

» La nature, vouée à la stérilité,

Ne pouvait plus nourrir, vêtir l'humanité.

Les hivers nous glaçaient de leurs intempéries;

L'été, toutes les eaux du globe étaient taries;

La soif de ses ardeurs nous brûlait, et la faim

De ceux qui survivaient précipitait la fin.

O frère! c'est ainsi que ta race épuisée

S'éteignit dans l'opprobre et périt méprisée.

Ah! pleure maintenant, toi qui fus notre aïeul,

Pleure, l'humanité dort dans son froid linceul.

Quel spectacle, grands dieux! offrait alors le monde!

Silence universel, solitude profonde,

Terre en friche, air infect, des ruines partout,

Et sur tous ces débris un homme seul debout!

Cet homme, c'était moi!... Moi, te dis-je... Et l'aurore,

Comme en nos plus beaux jours, me souriait encore;

Le soleil se levait dans la pourpre et l'azur;

Les sphères, rayonnant d'un éclat aussi pur,

Poursuivaient dans le ciel leur marche accoutumée;

De la mort pour nous seuls l'œuvre était consommée.

» Tu t'assis pour mourir, sur la montagne; moi,

A mon dernier moment je fis ainsi que toi,

Et la terre, de là, comme un grand cimetière,
Aux yeux de mon esprit apparut tout entière.
Il ne s'en échappait aucun gémissement;
La douleur et la mort n'avaient plus d'aliment.
Mais qu'ajouter encor? Comment te peindre, ô frère!
La désolation de ce champ funéraire?
Ces royaumes détruits, ces ombres de cités,
Cadavres qu'à jamais la vie avait quittés?
Ces générations par la mort terrassées,
Dans l'éternelle nuit pêle-mêle entassées,
Et qui n'ont accompli leur œuvre de géant,
Hélas! que pour trouver au terme le néant... »

———

Un grand coup de tonnerre éclata dans la nue,
Fit de l'immensité trembler tous les échos;
Puis soudain une voix invisible, inconnue,
Partit du fond du ciel, et prononça ces mots :

———

« Hommes de peu de foi, votre raison dévie :
Ce que vous avez pris pour la mort est la vie.

La mort est un mot vide; on change, on ne meurt point.
Votre esprit est dans l'ombre, et vos sens vous abusent:
Dieu veille encor sur vous quand vos doutes l'accusent.
Vous dites : C'est la nuit! et c'est le jour qui poind.

» Rien ne doit de la vie éteindre l'étincelle;
Rayon pur émané de l'âme universelle,
Une fois allumée elle ne peut périr.
Sur le cadran des cieux un siècle n'est qu'une heure;
Sans cesse vous changez de forme, de demeure;
L'éternité suffit à peine à vous mûrir.

» Quand vous sortez d'un monde, un autre vous appelle
Pour y recommencer une épreuve nouvelle;
Chaque mort donc pour vous est un enfantement;
Et vous avez quitté votre globe éphémère,
Comme le nouveau-né sort des flancs de la mère,
Débutant, comme lui, par un gémissement.

» Car gémir et souffrir est la loi de nature
Imposée, en naissant, à toute créature;
La douleur est le sceau de la fécondité.
Voilà, voilà pourquoi de l'aurore à l'aurore,

Vous gémissez sans cesse, et gémirez encore;
Tout l'univers gémit dans son immensité.

» Sachez donc sans murmure accepter votre tâche.
Marchez, marchez toujours; poursuivez sans relâche
La route infatigable où l'on va pas à pas;
Parcourez, sans que rien vous rebute ou vous lasse,
L'infini dans le temps, l'infini dans l'espace,
Et cessez d'invoquer un repos qui n'est pas.

» Les progrès accomplis dans une autre existence
Des mondes successifs abrègent la distance;
Mais, l'homme aux instincts bas qui ne s'est point vaincu,
L'homme qui foula Dieu sous son pied incrédule,
Cet homme, quand il meurt, loin d'avancer, recule;
On renaît chaque fois comme l'on a vécu.

» Vous-mêmes, dont je vois l'ombre errer solitaire,
Avez-vous bien rempli votre temps sur la terre?
Toi, père des humains, n'as-tu jamais douté?
Toi, qui blasphémais, toi, le dernier-né des hommes,
Te sens-tu sans reproche, au moment où nous sommes?
As-tu rompu tout pacte avec l'iniquité?

» Pourtant, rassurez-vous ; toute épreuve a son terme.

Du bien chacun de vous en soi porte le germe ;

Ce germe doit éclore, et vos pleurs tariront ;

Au cœur sincère et droit Dieu fait miséricorde ;

Croyez-en donc tous deux l'espoir qu'il vous accorde,

Et sous sa loi vivante inclinez votre front. »

———

A ces mots le sommeil s'enfuit de ma paupière.

Quand je rouvris mes yeux par le jour éblouis,

Je me retrouvai seul, étendu sur la pierre ;

L'aigle et la vision s'étaient évanouis.

Paris, 1840.

FIN.

L'Étoile et le Nautonier.

Andantino mosso.

1ᵉ Canto.

PP

Un nau-ton-nier seul au loin-tain ri - va - ge, Dor - mait au

2º Canto.

PP

Un nau-ton-nier seul au loin-tain ri - va - ge,

PIANO.

PP

rf   *P*   *cresc.*

cieux !

cieux !

rf *decrescendo*

TABLE.